光文社文庫

長編時代小説

うろこ雲

研ぎ師人情始末㈢
決定版

稲葉　稔

光　文　社

※本書は、二〇〇六年十月に光文社文庫より
刊行した作品を、文字を大きくしたうえで
さらに著者が加筆修正したものです。

目次

尾張殿
早稲田村
江戸川
音羽
護国寺
至板橋宿
江戸川橋
大塚
巣鴨
赤城明神
御納戸町
石切橋
神楽坂
若宮八幡宮
切支丹坂
御薬園
中山道
日光御成街道
小日向馬場
牛込御門
番町
傳通院
小石川
白山
神明宮
田安御門
駒込
水戸徳川家
小石川御門
清水御門
春日町
水道橋
千駄木
神田川
本郷
根津権現
道灌山
霊雲寺
池之端七間町
根津門前町
日暮里
池之端仲町
福成寺
神田明神
根津宮永町
不忍池
湯島天神
湯島切通町
鍛冶町
昌平橋
弁天
明神下
上野元黒門町
仁王門前町
根岸
谷中
筋違御門
寛永寺
東叡山
下谷広小路
和泉橋
外神田
内神田
下谷金杉町
佐久間河岸
神田佐久間町
御徒町
豊島町
新シ橋
下谷山崎町
向柳原
通塩町
三味線堀
広徳寺
柳原土手
左衛門河岸
下谷竜泉寺町
平右衛門町
幡随院
横山町
両国広小路
元鳥越町
同朋町
猿屋町
甚内橋
浅草橋
茅町
米沢町
阿部川町
新吉原
両国橋
柳橋
御蔵前片町代地
新堀川
日本堤
東本願寺
尾上町
大川
旅籠町
駒留橋
回向院
御米蔵
首尾の松
御蔵前
浅草寺
日光道中
御蔵前通り
小塚原
亀沢町
一ツ目之橋
御竹蔵
御厩河岸之渡し
浅草広小路
雷門
奥山
浅草
山谷町
駒形町
浅草観音
新鳥越橋
二ツ目之橋
駒形堂
浅草
花川戸町
山谷堀
揚場
緑町
南割下水
本所
竹町之渡し
吾妻橋
今戸橋
今戸町
白鬚之渡し
竹町
中之郷
竪川
瓦町
中之郷
源森橋
北割下水
源森川
小梅村
三囲稲荷
向島墨堤
木母寺
長命寺
三ツ目之橋
中之郷八軒町
寺島村
辻橋
大横川
法恩寺橋
業平橋
亀戸村
小梅村
四ツ目之橋
押上村
天神橋
十間川
柳島村
亀戸天神

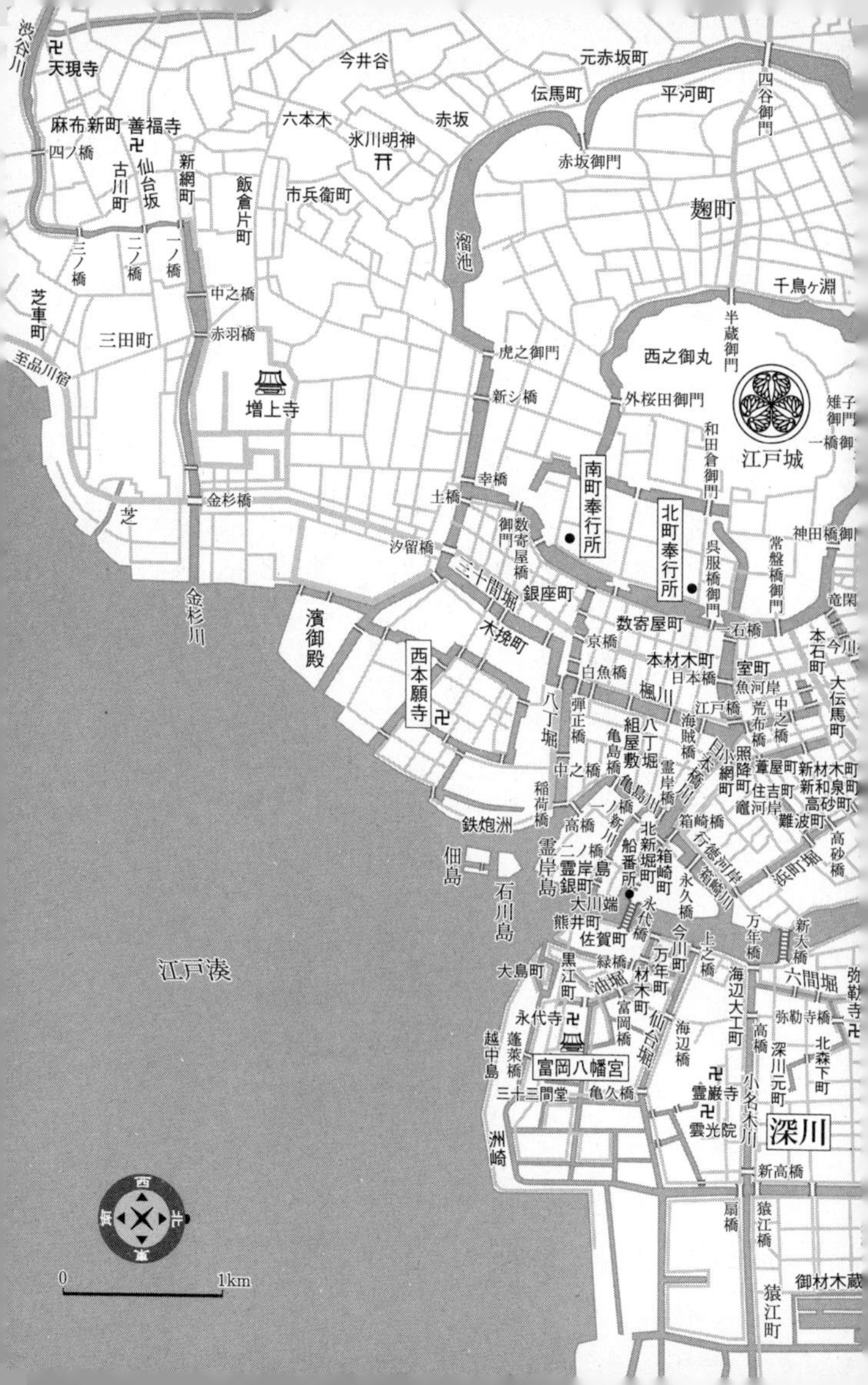
渋谷川
天現寺
今井谷
元赤坂町
伝馬町
平河町
四谷御門
麻布新町
善福寺
六本木
赤坂
氷川明神
四ノ橋
古川町
仙台坂
新網町
飯倉片町
市兵衛町
赤坂御門
麹町
溜池
三ノ橋
二ノ橋
一ノ橋
中之橋
千鳥ヶ淵
芝車町
三田町
赤羽橋
半蔵御門
虎之御門
西之御丸
至品川宿
増上寺
新シ橋
外桜田御門
雉子御門
和田倉御門
一橋御門
江戸城
南町奉行所
幸橋
土橋
金杉橋
芝
北町奉行所
数寄屋橋御門
神田橋御門
汐留橋
呉服橋御門
常盤橋御門
三十間堀
銀座町
金杉川
濱御殿
竜閑
木挽町
数寄屋町
一石橋
西本願寺
京橋
本石町
今川
本材木町
室町
白魚橋
日本橋
魚河岸
大伝馬町
楓川
江戸橋
荒布橋
中之橋
弾正橋
八丁堀
組屋敷
八丁堀
海賊橋
照降町
小網町
葺屋町
新材木町
亀島橋
本橋
住吉町
新和泉町
中之橋
霊岸橋
亀島川
鎧河岸
高砂町
稲荷橋
一ノ橋
新川
箱崎橋
難波町
鉄炮洲
高橋
北新堀町
行徳河岸
高砂橋
二ノ橋
箱崎町
船番所
箱崎川
浜町堀
佃島
霊岸島
霊岸島銀町
永久橋
大川端
石川島
永代橋
熊井町
今川町
万年橋
新大橋
佐賀町
上之橋
江戸湊
大島町
黒江町
緑橋
万年町
海辺大工町
六間堀
弥勒寺
油堀
材木町
永代寺
富岡橋
仙台堀
海辺橋
高橋
弥勒寺橋
越中島
蓬莱橋
富岡八幡宮
深川元町
北森下町
三十三間堂
亀久橋
霊巌寺
小名木川
雲光院
深川
洲崎
新高橋
西
北
東
扇橋
猿江橋
0
1km
御材木蔵
猿江町

「うろこ雲　研ぎ師人情始末（三）」・おもな登場人物

荒金菊之助……………日本橋高砂町の源助店に住む研ぎ師。父親は八王子千人同心だった。

横山秀蔵……………南町奉行所臨時廻り同心。菊之助の従兄弟。

五郎七……………横山秀蔵の配下。

甚太郎……………横山秀蔵の配下。

次郎……………菊之助と同じ長屋に住む箒売り。瀬戸物屋「備前屋」の次男。最近、横山秀蔵の探索を手伝うようになる。

志津……………菊之助と同じ長屋に住む女。子供たちに手習いを指導しているが、このところ菊之助との距離が近くなった。

伊佐次……………最近、菊之助と同じ長屋「源助店」に引っ越してきた謎の男。

お豊……………伊佐次の女房。

喜兵衛……………伊佐次が長い間奉公をしていた小間物屋「田村屋」の主。

うろこ雲——〈研ぎ師人情始末〉㈢

第一章　源助店

一

日本橋北に位置する高砂町は、傾いた日の光に包まれていた。

紫紺色の空を背景にして浮かぶ筋雲も朱に染まりつつある。

その町に「源助店」という、家主の名を取った長屋がある。一棟に四軒、路地を挟んで両側に二棟ずつ並んでいる。

研ぎを生業とする荒金菊之助の住まいもその長屋にある。こちらはあまり日当たりがよくないが、源助店にはもう四棟が反対の南側筋にあった。こちらには日当たりのよい二間つづきの家があり、菊之助がひそかに思いを寄せるお志津も住んでいる。

菊之助は研ぎあげたばかりの包丁を日の光にかざし、親指の腹で刃の感触をたしかめると、丁寧に晒(さらし)に包んでホッと息を吐いた。

開け放した戸口から射し込んでくる西日が菊之助の顔をあぶっていた。何気なく表に目をやると、野良猫がのそのそと横切っていくところだった。どぶ板の走る路地から視線をあげると、長屋の屋根に切り取られた夕暮れの空が見え、数羽の鴉(からす)が鳴き声をあげて飛んでいた。

「さて、ひとっ風呂浴びにいくか……」

砥石(といし)と半挿(はんぞう)を脇にどけて腰をあげたときだった。

「なにしやがんだ！」

怒声(どせい)がしたかと思うと、いい返す金切り声がした。

「なにしやがんだもへったくれもあるかい！　あんたなんか殺してやる！」

「やめねえかッ！」

声のあとには物が投げられたり、瀬戸物の壊れる派手な音がした。ぱたぱたと路地を走っていく足音が重なり、やめなよ、危ないよという声があがった。

しかし、騒ぎは収まりがつかないらしく、罵(のの)しりあいの声がつづく。

菊之助はつかんだ手拭いを放ると、雪駄(せった)を突っかけて表に飛びだした。

騒ぎは井戸先の家で起きていた。左官の栄吉の家だ。

狭い路地にはあっちからもこっちからも野次馬が駆けつけてきている。長屋の女房連中がそのほとんどだが、なかには居職の職人の顔もある。みんな口々にやめろやめろといっているが、騒ぎは収まる気配がない。

菊之助が人だかりの後ろに行ったとき、

「ひゃあー」

人垣を作っていた女房たちの輪が広がった。

栄吉が家のなかから転がり出てきたからだ。栄吉は片手をどぶのなかに突っ込み、片肌が脱げてあばらの浮く胸をさらしていた。着物の裾もめくれて、太股もあらわだ。

そこへ目をつり上げ、真っ赤な顔をした女房のおそねが戸口から飛びだしてきた。片手には出刃包丁が握られているが、その腰に娘のお花が必死の形相でしがみついている。

「なんだい、人の目を盗んでよりによって……」

出刃包丁を振りまわすおそねは怒り心頭に発しているらしく、目をつり上げ、きーっと甲走った叫びをあげた。

「おっかさん、やめて、やめておくれ」

「ええい、放せ、こんな男ぶっ殺してやる」

「なんだと！　よし、そんならひと思いに殺してみやがれってんだ！　おら、やらねえか！」

　亭主の栄吉は開き直って、どぶ板の上であぐらをかいて腕組みをした。

「ああ、やってやるよ」

　おそねの振りまわした出刃包丁が、風を切ってうなった。とたんに、栄吉が後ろ手をついてのけぞった。

「や、野郎、ほ、本気でこのおれを……」

　菊之助は犬も食わない夫婦喧嘩はいやというほど見せられているが、今日はちょっと雲行きがあやしいと思った。

　おそねはしがみつく娘の手を払いのけようと腰を動かし、髪を振り乱し、こめかみに青筋を立て、つばを飛ばしまくり、栄吉のだらしなさをそれこそ立て板に水を流すようにまくし立てた。

　一方的に罵倒（ばとう）される栄吉は、口をあわあわと動かしながら反撃の余地を窺（うかが）い、ゆっくり腰をあげて躍りかかろうとしている。

「くそ。あることないことわめきやがって、この恥さらし女が」

「恥さらしはどっちの方だい。自分の胸に手をあてて聞きゃあわかるだろうが。もう勘弁ならないわさ」

「勘弁ならねえのはこっちだ！」

そういうなり、栄吉はおそねに飛びかかっていった。お花の悲鳴が長屋中にひびきわたり、おそねの絶叫が交錯した。

だが、栄吉が飛びかかったのは、人垣をかきわけて間に入った菊之助だった。

「いい加減にしないか」

「な、なんだ。邪魔するんじゃねえよ」

栄吉はそうはいうが、ホッと安堵する色を目に浮かべていた。

「さあ、頭を冷やすんだ」

「頭なんか冷えっこないよ、そんな男。菊さん、井戸んなかに放り込んでおくれ」

おそねが菊之助の背後で叫んだ。なんだと、とまた栄吉が目を剝く。

「ともかく、こっちに来な。こういうときは男が引き下がるもんだ」

菊之助は栄吉をなだめながら、集まった野次馬に、もう終わったから帰った帰った、と追い払うように手を振った。わけのわからない長屋の連中は、それぞれに自分たちの推測や見たことと聞いたことをぼそぼそ話しながら離れてゆく。

「まあ、そこへ……」

裏の空き地に来て、菊之助は栄吉を薪束(まきたば)に座るように勧めた。自分も近くの薪束に腰をおろす。

「いったい、どうしたってんだ」

「あいつのとんだ思い違いでさ」

「どんな」

「……どんなって、おれは別に悪気があったわけでもなく、わざとやったわけでもねえんだけど、自然とそうなっちまっていて」

「要領を得んな。わかりやすく話せ」

栄吉は頭の後ろをぼりぼりかいて、菊さんだからしょうがねえかと話しだした。

二

その日、ひどい宿酔(ふつかよい)で起きられなかった栄吉は、左官仕事を休んで寝て過ごすことにしていた。そんなことは滅多にないから、女房のおそねも大目に見て何もいわなかったのだが、昼飯を食って横になっていると、娘のお花が寒気がするからと奉公先から帰ってきた。それじゃ風邪でも引いたんだろうと、栄吉は布団をのべてやり、寝かしつけた。

「そこまではよかったんですがね。あっしも朝からひどい宿酔だったんで、お花の横に寝っ転がっていたんでさ」

「ふむ」

「そのうち、女房の野郎が買い物に行ってくると出かけたんで、あっしはそのまま高鼾しちまいましてね。あっという間に夢のなかです」

「それが、なぜあんな騒ぎに」

菊之助は足許の草を引きちぎって口にくわえた。

「その、寝ているうちにあっしも寒気を覚えましてね。それで娘の布団のなかに夢心地のまま入ったんですよ。いえ、悪さをしようとかそういうことじゃありませんよ」

栄吉はいいわけをして話をつづける。

「ところが、すっかり寝いっちまっているうちに、後ろからお花に抱きついたようになっちまっていたんです。女房の金切り声で目を覚ますと、あいつは手に持っていた買い物籠(かご)を足許に落とすなり、台所の包丁をひっつかんで、あっしに切りかかってきたんです。よりによって娘に手を出すとは、なんてひどい親なんだってねえ。いいわけしようにも聞く耳を持っていなくて……それであんな騒ぎになったんです」

菊之助はおかしさを抑えることができずに、低い笑い声を漏らした。

「笑い事じゃありませんぜ、まったく」

「いや、悪い悪い。だがおまえ、ほんとに下心はなかったんだな」

「あるわけないでしょう。滅相(めっそう)もない」

栄吉は憤然とした顔で、乱れた着物の襟を正した。

「まあ、わかった。それじゃ、おれが中に入ってやろう。あの様子じゃ、おそねさんの怒りを鎮(しず)めるには往生(おうじょう)するだろうからな」

栄吉は黙って頭を下げた。

栄吉の家に戻ると、案(あん)の定(じょう)、おそねはそっぽを向いて口も利かなかった。

「話を聞いたが、自然の成り行きのようじゃないか。おそねさんの腹立ちもわからなくはないが、ここは……」

「自然の成り行きで娘と乳繰りあうのを見逃せっていうのかい」

「いやそうじゃないよ、おそねさん。偶然そうなっただけのようじゃないか。なにも栄吉に下心があったわけじゃないんだから」

「ほんとかどうか、あやしいもんだ」

「だったら、お花に聞いてみやがれ！」

怒鳴るようにいう栄吉を、おそねはキッとにらみつけて娘を見た。

「お花、なにも悪いことされちゃいないかい」

お花は首を縦に振った。

「ほら、みやがれ」

菊之助は挑発するようなことをいう栄吉の膝をそっとたたいた。

「まあ、おそねさん、ここはこのおれに免じて丸く収めてくれないか。お花ちゃんも風邪っぽいようだし、そんなときに親がいがみ合うと、かえって悪くしちまう」

そうだそうだという栄吉を、またおそねはにらんだ。

「まあまあ、そう仲違い(なかたが)いをしないで、二人ともいい大人じゃないか」

「……ほんとにあんたは変なことしてないんだろうね」

菊之助を無視しておそねは栄吉に厳しい目を向ける。

「してねえって何度もいってんだろう。お花だって、そういったじゃないか。妙なこと勘ぐられちゃかなわねえよ」

夫婦仲が元に戻るには一日二日かかりそうだったが、それでも何とかその場は収まった。

菊之助が栄吉の家を出ると、近くで聞き耳を立てていたらしい噂好きの女房が寄ってきて、いったい何だったんだいと聞く。

「犬も食わぬ何とかってやつだよ」

「でも、包丁振りまわしていたんだから、穏やかじゃないじゃない」

菊之助はなおも詳細を聞きたがる女房を振りきって、自分の家に戻ると戸障子を閉め、やれやれと吐息をついた。

それから湯屋に向かったが、木戸を出たところでひとりの男とぶつかった。

相手はよろめいて天水桶に手をつき、黙って菊之助を見た。翳りのある暗い顔の半分が近くの提灯の明かりに染められていた。

「これは伊佐次さんじゃないか。悪かったな」

「いえ……」

「大丈夫かい」

「へえ、ご心配なく」

伊佐次は小さく頭を下げると、長屋の路地に消えていった。

最近、越してきた男だった。どこで何をしていたのか、そして毎日何をしているのか不明の男で、女房たちの噂の種のひとつとなっていた。

菊之助も気にはかかっていたが、あえて詮索するつもりはなかった。ただ、肩をすぼめてうなだれた後ろ姿には拭いがたい孤愁が漂っていた。

三

翌朝、研ぎあがった包丁を届けに出た菊之助は、行った先々で新たな注文を受けた。すっかり研ぎ師としての名が知れて、最近では両国や神田あたりからも注文がある。研ぎ賃は物にもよるが、一本十文から二十文ほどだ。

せいぜい日に二十本程度しか研げないが、独り身にはそれで十分な収入だった。それに大工や左官は雨の日は休みとなるが、菊之助は雨だろうが嵐だろうが仕事ができるという強みがあった。

ともかく風呂敷に注文の包丁を提げて家路についたが、まっすぐ戻る気はしない。秋の空は晴れ渡っており、どこまでも空気が澄んでいた。遠くに見える富士山は、つい先日から雪化粧をしていた。

浜町堀の千鳥橋際にある菓子屋で大福を買ったのは、考えがあってのことだった。

「六つもあれば十分だ。白大福と赤大福を半々にしてくれるかい」

菊之助は、注文の品ができるまでそばの縁台に座って待つ。

店先の幟が風に吹かれてぱたぱたと音を立てていた。大福は待つほどもなくできたので、そのまま長屋に足を向けたが、行ったのは南側筋の日当たりのいい路地である。

ここに入るたびに、菊之助の胸はわずかに高鳴る。そしてお志津の家が見えると、胸の鼓動はさらに速くなる。

そのお志津の家の戸は開きっぱなしになっていた。二間つづきの家で一部屋を手習いに通ってくる子供たちのために使っているが、最近では近所の隠居連中もやってきて端唄や読本の手ほどきを受けたりしている。

お志津の姿が見えた。

手拭いを姉さん被（かぶ）りにして裏庭で洗濯物を干しているところだった。

「いい天気ですね」

声をかけると、お志津の顔が振り向けられ、ぱあっと輝く笑みが浮かんだ。

「これは荒金さん」

「洗濯日和（びより）ですね」

「ええ、朝から井戸端はにぎわっておりますわよ。何か御用ですか」

お志津は可愛く小首をかしげる。

「いえ、ちょいと姿が見えたので、黙って通り過ぎるのは失礼かと思っただけでして」

「お暇でしたらお茶でも飲んでいかれませんか。もらい物ですけど、おいしい大福があるんです」

「大福……」

菊之助は買ってきたばかりの、大福の入った風呂敷をそっと後ろにまわした。

「お嫌いですか？」

「いえ」

「あの千鳥橋そばの桃（もも）屋さんの大福ですよ。最近評判になっている店のですから、おいしいと思いますよ」

「そうですか」

お志津に買ってきた大福は出さないことにした。

家に招き入れられると、土間をあがったすぐの部屋に腰を据えた。奥がお志津の寝間(ねま)と普段の生活の場で、菊之助がいる部屋は手習いや客のもてなしに使われていた。

長火鉢が出されているが、まだ火は入れられていなかった。台所で湯を沸(わ)かし、こまめに動くお志津の後ろ姿をうっとりしながら眺めているうちに、茶の用意ができた。

「どうぞ召し上がってください」

「それじゃ、遠慮なく」

長火鉢の猫板(ねこいた)に置かれた湯呑みをつかんで湯気を吹いた。

「昨日、おそねさんが大変だったらしいですわね」

お志津が大福を載(の)せた皿を差しだした。長屋で噂が広まるのは早い。

「いったいどうされたんでしょう。荒金さんが仲裁(ちゅうさい)に入られたとお聞きしましたが……」

お志津が澄んだ瞳を向けてきた。教えてくれないかと、その目がいっていた。

「些細な誤解ですよ。それだけ仲がいいってことでしょう。遠慮なく」

菊之助は大福をつまんで口に運んだ。それから人にはいわないでくれと、釘を刺してから昨日のことを話してやった。

最初真顔で聞いていたお志津は、最後には手で口をふさいで小さな笑い声を漏らした。笑ったとき鼻の頭に小じわがよった。

「でも、おそねさんもびっくりされますね。買い物から帰ってきたら、同じ布団に……」

お志津はまた、ぷっと噴きだした。

「それで、誤解は解けたのかしら」

「お花ちゃんが何もなかったといったので、あれで事なきを得たはずですが……」

「それにしても大変でしたね」

どっちが大変だったのか？　このおれか、それとも栄吉夫婦のことか？　疑問を胸の内でつぶやきながら神棚に目を向けた。

「おそねさんもそうですけど、最近越してみえる人が増えましたね。もっとも、出て行った人もそれだけいるということですけれど」

お志津は湯呑みを両手でもって上品に茶を飲む。

たしかに源助店はここ十日ほどで入れ替わりがあった。栄吉のところには、一人娘のお花を連れた後添い(のちぞ)いのおそねがやってきた。その翌日には、南側筋に得体の知れない伊佐次がやってきた。そして日を置かずして玄七(げんしち)という髪結(かみゆ)いも新しく入った。

菊之助がぼんやりと、そして指がきれいだなと思って、膝に置かれたお志津の手を見ていると、

「あの、ひとつ頼みをいってもよいですか」

あわい障子越しの光を受けたお志津の顔が向けられた。

「何なりと……」

「荒金さんのこと、みなさん、菊さんと呼んでますわね」

「まあ」

「あの、わたしもそう呼ばせてもらってかまいませんか」

そういって、お志津は首を右に倒した。色っぽくも美しい女が可愛く見えた。

「もちろん、かまいません。どうぞ好きに呼んでください。菊之助と呼び捨てに

してもいっこうに……」

　そこで二人はどちらからともなく笑いあった。

　一度、柳橋にいっしょに飲みに行ったことがある。以来、二人は親近感を増していた。

「ああよかった。いやだといわれたらどうしようかと思っていたのですよ」

　お志津は胸をなで下ろすようにいってからまた微笑み、大福をもうひとつと勧めた。

「それじゃまあ、遠慮なく」

　菊之助は指についていたあんこをなめて、また新しい大福に手を伸ばした。

「二軒隣の九助さん、ご存知ですか？」

「無論知っておりますよ。何か……」

「離縁されたそうです」

「へえ、ほんとですか」

　初耳だった。菊之助は大福を茶で流し込んだ。

「それで後妻さんが見えるという話です」

「へえ、九助さんもあれで隅に置けないな。もう五十に手が届こうというのに……」

菊之助はあきれ果てたように首を振った。

九助は薬研堀(やげんぼり)にある紙問屋の古手代(ふるてだい)だった。人の話によると、番頭と同じぐらいの力があるという。

「まあ、長屋にはいろんな人間がいますからね」

「そうですね。でも、伊佐次さんという方は何をしてらっしゃるのかしら……」

「おやおや、お志津さんも他の女房連中と同じく噂好きになりましたか」

冗談めかしていってやったが、お志津はいたって真面目顔だった。

「あの方、なんだかいつも思い詰めた顔をされているし、一度は永代橋(えいたいばし)の途中でずうっと川の流れを見てらしたんです。それこそ今にも飛び込みそうな様子だったので、思わず声をかけたのですが、何もいわずにそのまま渡って行かれましてね」

「へえ、そんなことがありましたか」

「なんだか気になる方です」

菊之助も伊佐次の暗い顔を思い浮かべた。全身に陰を感じさせる男だが、噂好きの女房たちのなかには女泣かせの色男だというものもいる。ひょっとして、お志津もああいう男に惹かれるのかと、菊之助はわずかな嫉妬を覚えた。

それからとりとめのない話をしてお志津の家をあとにしたが、途中でまた伊佐次と会った。

「天気がいいねえ」

「…………」

家の戸を閉めるところだった伊佐次は、ただ無表情に頭を下げ、そのまま菊之助に背を向けて長屋を出て行った。

「……たしかに気になる男だ」

菊之助は痩せた伊佐次の背中を見ながらつぶやいた。

四

「刃傷沙汰があったってほんとですか？」

目を丸くして聞くのは次郎だった。

「刃傷沙汰……誰がそんなことといった？」

「そこの、おさき婆さんです。菊さんが仲裁に入ってどうにか収まったと……」

「ふん、話がだんだん大きくなっていけねえな。犬も食わないやつだ」

「は？」

「夫婦喧嘩ってことだよ。いつ、聞いた？」

「ついさっきです」

　次郎は剝き出しの脛毛を引き抜いて湯呑みに口をつけた。

　この男は本所尾上町にある瀬戸物屋の倅なのだが、家督を継げないことにへそを曲げ、家を飛びだして源助店に住んでいる。普段は箒売りをしているが、ときどき南町奉行所臨時廻り同心の横山秀蔵の手先となって動くようになっていた。その仲介をしたのが菊之助だった。

「何か追ってるのか？」

　菊之助は水盥で研いだばかりの包丁の研ぎ汁を落としながら聞いた。

「目に余る強請野郎がいましてね。そいつを追っていたんです」

「捕まえたのか？」

「昼前に隠れ家にしている女の家に押し込んでお縄にしました。横山の旦那は獄門にしてやると、いつになく目の色を変えていましたよ」

「それじゃ、一件落着ってわけだな」

「まあ、そんなとこです」

次郎は暇をもてあましているふうである。仕事をしている菊之助の家から帰ろうとしない。それでも菊之助は、新たな柳刃包丁を翳りつつある光にかざして中研ぎをはじめた。傷(いた)みが少ないので、荒研ぎは省略である。

「何か用事があるのか……」

菊之助は包丁の刃に手をあて、一定の速度を保って研ぎつづける。ときどき、砥石(といし)に水をかけて滑りをよくする。

「そろそろ稽古をつけてもらいてえと思って……。でも、菊さん忙しそうだな」

「稽古か……」

数ヶ月前、次郎は喧嘩が強くなりたいから剣術を教えてくれといってきた。それには相応の理由があったので、教えてやったが、覚えが早く筋がよかった。

「道場にでも通ったらどうだ」

「ヘッ、そんな殺生(せっしょう)なこといわないでくださいよ。おいらは菊さんが師匠でないと駄目なんだから。ねえ、これから駄目ですかねえ。ああ、でももう日が暮れちまうな……」

次郎は戸口のそばに立って空を仰いだ。

「今日は駄目だ。だが、手が空いたら教えてやる。たまにはおまえと汗を流すのもよいだろう」

「へへっ、そうこなくっちゃ」

次郎はぐすっと洟(はな)をすすって嬉しそうに微笑(ほほえ)んだ。生意気盛りの十八歳の顔にはあどけなさが残っている。

「今日明日は無理だが、適当に顔を出せばいい。相手をしてやる」

「それじゃ楽しみにしてます。じゃ、おいらはちょっくら湯でも浴びにいくかな」

次郎は明るい笑顔を残して家を出て行った。

菊之助がその日最後の包丁を研ぎ終えたのは、それからしばらくのちだった。腰をたたきながら蒲(がま)の敷物を離れ、戸口に立つと、長屋に射し込む最後の光が、そばの看板に当たっていた。

それには「御研ぎ物」と大きくあり、脇に「御槍　薙刀(なぎなた)　御腰の物御免蒙(こうむ)る」と書かれている。流麗(りゅうれい)な字である。看板も字もお志津が作ってくれたものだった。

その看板をそっとさすって左官の栄吉の家のほうを見た。今日は女房のおそねも娘のお花の姿も見ていないが、喧嘩は収まったようだ。

騒ぎになれば、どこかの女房がすぐ噂を流すから、今日は夫婦仲も元の鞘に収まったのだろう。

日が暮れはじめると、長屋には昼間なかった喧噪が訪れる。出職の職人らが帰ってくるし、女房たちは夕餉の支度に追われる。子供たちは日が暮れるのも忘れて、歓声をあげて路地から路地を走り抜けたりする。それに赤ん坊の声がしたり、子供を叱る女房の声が重なる。魚屋の棒手振や豆腐売りの声も聞こえてくる。

「こんちは。今日もいい秋晴れでしたね」

声をかけてきたのは、鬢盥を提げた玄七という髪結いだった。

「ああ、いい陽気だ。ずっとこうだといいな」

「まったくです」

玄七は愛想よくいって自分の家に入っていった。呼ばれての廻り商売がほとんどだが、ときに自宅にやってくる客の頭も結っている。菊之助も今度は玄七に頼んでみようかと思っていた。愛想がよく感じのいい男だ。

だが、その玄七が騒ぎを起こすことになった。

五

その朝、菊之助は朝早くから仕事に取りかかっていた。仕事が立て込んでいたからではなく、目覚めが早く、寝られなかったからだ。陽気のいい日がつづいているが、朝夕はめっきり冷え込んできて、つい寒さに負けて起きたのだった。

気合いを入れ、ねじり鉢巻きに襷(たすき)がけをした菊之助は黙々と包丁を研いでいた。そのうち体が温まってきて、額にじわじわと汗の粒が浮かんだ。

手入れの悪い包丁は錆(さび)を落とすことから作業をはじめる。さらに、包丁によって青砥(あおと)を使うか、真砥(まと)にするか、あるいは伊予砥(いよと)にするかを決める。この辺は長年の勘である。包丁も他の道具と同じで、やさしく扱ってやるといつまでも切れ味を保つ。

荒研ぎから中研ぎと進め、最後に刃返りを取って仕上げる。包丁の刃は常に砥石の中心線で研ぐようにしているので、研ぎむらは一切ない。菊之助の仕事が気に入られるのは、そのむらのなさだった。

ええーぃ、なっと、みそまめ、なっとぉぅー……。

納豆売りの声が路地奥から聞こえてきた。それが家の前を過ぎたとき、菊之助は戸障子を開けて朝の冷気を家のなかに入れた。

汗ばみそうだった肌に、涼やかな風が気持ちよくあたってきた。同時に七輪をぱたぱたとあおぐ音がして、煙が入り込んできた。どこかの女房が秋刀魚を焼いているようだ。

井戸端のほうで朝の挨拶がかわされているかと思えば、厠の前では、早く出てくれ、我慢ならねえんだ、という声もある。

菊之助は洗面と米研ぎを兼ねて井戸端に行き、口さがない女房たちの話を聞いた。誰も彼も子供の躾や酒飲み亭主の悪口をいっていた。

「昨夜もへべのレケさ。帰ってくるなりバタンキューだからね。いやんなっちゃうよ」

「酒飲む金があるからましだよ。うちなんか今月もぴいぴいで……」

「金なんかありゃしないさ、稼いだ先から酒に消えちまうんだから」

「その点、独り身の菊さんはのんきでいいねえ」

「おっと、今度はおれをダシにしようっていうのかい。くわばらくわばら」

菊之助は剽軽にいって退散した。

女房たちにかまっていると、何をいわれるかわからない。

めざしに沢庵、大根のみそ汁で腹を満たした。朝はそれで十分である。

煙管に火をつけ、雁首に赤い火が生まれるのをじっと見ながら、今日あたり火鉢を出そうかと考える。

これから寒さは厳しくなる一方だ。そうするかと、灰吹きに煙草の灰を落とす。

「なにしやがんだ！」

いきなり怒声が聞こえた。菊之助は煙管の吸い口をくわえたまま、体を固まらせて耳をすました。

「冷やかしに来たんなら、とっとと帰りやがれ！」

「なんだと！」

菊之助が表に飛びだすと、髪結いの玄七が腰を低めて剃刀を振りあげていた。逃げ腰になっている男の髪はざんばらになったままだ。どうやら客のようだ。居職の職人や女房たちがつぎつぎと家のなかから飛びだしてきた。井戸端にいたものは、洗い物を持ったまま呆然と立ちつくしている。

「黙って聞いてりゃ人の悪口ばかりいいやがって、おれがおめえになにか迷惑をかけたか。かけたんならいってみやがれ！」

玄七は手に持った剃刀をビュッと振りまわした。客は後ろに飛びのき、背中を板壁に押しつけた。

「こ、この人殺しが、気でもおかしくなりやがったか」

「人殺しだと。人聞きの悪いことをいいやがって」

「だ、誰かこいつを止めてくれ。ひー、殺される」

「うるせー」

玄七は客の襟ぐりをつかみあげて、その喉首に剃刀の刃をぴたりとあてた。客は腰砕けになって、恐怖を顔に張りつかせた。

「やめないか」

止めに入ったのは、伊佐次だった。

「なんだ、邪魔しないでくれ」

玄七が振り払おうとしたが伊佐次は折れずに、玄七の手にした剃刀を取りあげようとした。その刹那、玄七が取られるのをいやがって手を動かしたので、剃刀の刃が伊佐次の片手を切っていた。

「うっ」

手首を押さえて腰を折った伊佐次の手から赤い血がぽたぽたと落ち、どぶ板をた。

女たちから小さな悲鳴があがった。玄七も思わぬ事態に、驚愕の顔をしてい

染めた。

見かねた菊之助が出て行ったのは、そのときだった。

「何があったか知らないが、刃物をよこしな」

玄七は伊佐次に怪我を負わせて戸惑っているのか、おとなしく剃刀を渡した。

「いったいどうしたんだ」

「こいつが……」

と、玄七は客をにらんだ。

「おれは何もしちゃいねえんだ。この髪結い野郎が勝手に怒りだしただけだよ」

菊之助は客と玄七を見てから、伊佐次に顔を戻した。

「大丈夫かい？」

「へえ、たいしたことありません。どうぞおかまいなく」

「手当てをしてやろう」

「いえ、大丈夫ですから……」

伊佐次は血をたらしている手首を押さえながら帰っていった。押さえている手

も血で真っ赤に染まっていたので、太い血管を切っているのかもしれない。

「誰か伊佐次さんとこ行って手当てをしてやってくれねえか」

「わたしがやって差しあげましょう」

そういったのは騒ぎを聞きつけてやってきたらしいお志津だった。

「それじゃ、お願いします」

菊之助がいうと、お志津は伊佐次を追いかけていった。

「ともかく、このままじゃすまないぞ。さっき、番屋に駆けていったかみさんがいたからな」

嘘ではなかった。菊之助と入れ違いに、指物師の女房おまきが番屋に行ってくるといって長屋を駆け出ていた。

菊之助はざんばら髪のままの客と玄七を、玄七の家に入れて腰高障子を閉めた。

部屋には水盥と髪結い道具の入った鬢盥が開かれていた。

客は気まずそうに正座しているが、玄七は未だ怒りの収まらない顔つきでにらんでいる。

「いったいどうしたんだ」

「この客がいらぬことをしゃべくるからです。どこの髪結いは愛想が悪い、どこそこの髪結いは馬鹿だ。人のことなら笑って聞き流すこともできますが、あっしにも文句をつけやがったんです」

「おれは、そんなつもりでいったんじゃねえ」

「まあ、話はあとで聞く」

菊之助が客をなだめると、玄七が言葉を継いだ。

「髪をひっつめすぎるのは、ど素人のやり方だ、どこで習ってきたんだ、腕がいいと聞いたから来てみりゃ、たいしたことない。それに、女の髪も結うんだってな。色目使ってこましてるんじゃねえか。ちょいと耳許で声をそよがせりゃ、よがる女もいるんじゃねえか」

「おれはそんなことはいっちゃいねえ」

「いったから、おれは腹立ててるんだ！　髪結いだと思って馬鹿にするんじゃねえ！」

「なんだと！」

「こら、やめないか。ともかく口が過ぎたってことだろう。ところでおまえさん、酒を飲んでいるな」

客はさっきから酒の匂いをぷんぷんさせていた。

「酒飲んじゃいけねえのか。朝飯代わりに一杯引っかけてきただけだ」

「そうかい、それで名は何という？」

「茂兵衛(もへえ)ってんだけど、いったいあんたは何だよ。勝手に横から入ってきて」

「おいおい、勝手にはひどいな。おれは仲裁に入っただけじゃないか。放ってお
けば、あんたはほんとに玄七に切られていたかもしれないんだぜ」

「ふん。だがよ、おれは別に因縁つけたわけじゃねえんだ」

茂兵衛が開き直った態度を取ったとき、表で声がした。

「玄七の家はこっちだな。邪魔するぜ」

声と同時に腰高障子がするすると開いた。

六

開いた戸口を見た菊之助は眉を動かした。また戸口に立った男も、「おや」と
声を漏らした。南町奉行所臨時廻り同心の横山秀蔵だった。
涼しげな目を細め、剃(そ)りたての顎(あご)をつるりとなで、黒羽織の袖(そで)をひらりと返し
て、土間に立った。すらりと背が高いので、菊之助たちは見あげる恰好になった。

結い上げた小銀杏の髷にはきちんと櫛目が通っており、鬢付け油のいい匂いがした。

「そこの番屋にいたら喧嘩沙汰だというんで来てみりゃ、菊之助がいるとはな。まあ、同じ長屋だから不思議じゃねえが……それで、いったいどういうことだ」

秀蔵は居間の縁に腰をおろして、玄七と茂兵衛を交互に見た。

「……黙ってちゃわからねえだろう。だが、まあ、ここじゃ聞くものも聞けねえ。ちょいとそこの番屋まで来てもらうか」

顔を見合わせた玄七と茂兵衛からは、さっきの威勢はすっかり消えていた。相手が八丁堀の同心では逆らうことはできないのだ。

間を置かず、騒ぎの中心人物である玄七と茂兵衛は、高砂橋近くの番屋に入れられた。詰めている町役と番人は外の縁台で待たされ、なかでは秀蔵と下っ引きの五郎七が二人の話を聞いていた。

菊之助もついてこいといわれたので、表の縁台で茶を飲みながら町役らと暇をつぶしていた。日が高くなって気温も上がったようだ。朝方の冷え込みはすっかり消えており、空を舞う鳶も気持ちよさそうな声を降らしている。

番屋前では近所の少女三人が、お手玉をして遊んでいた。少女たちはきゃっきゃっと楽しげな声をあげ、ときに歌いながらお手玉を高く放っている。

♪おみっつ　おふたつ　おのこり
おさらい　おみっつ　おひとつおのこり　おさらい……

少女が器用に操(あやつ)るお手玉は小さな手に落ち、そしてまた宙にあがる。

「ただの喧嘩でしょ」

と、茶を含みながら白髪の店番がいう。

「茂兵衛って客は酒も飲んでいましたしね」

菊之助ものんびり顔で応じる。

「でも、止めに入った男が怪我をしたとか……」

これは書役(かきやく)だった。手に持った湯呑みをふうと吹いて口にする。

「たいした怪我でなきゃいいが……」

菊之助はそういいながら、手首から血を流し、逃げるように帰っていった伊佐次のことを思いだした。お志津が手当てをしているはずだが、大丈夫だろうか……。それにしても、このところ長屋は騒然(そうぜん)としている。

しばらくして秀蔵が表に出てきた。あとから玄七と茂兵衛もおとなしい顔で姿を現した。

「喧嘩両成敗だ。茂兵衛、酒はほどほどにしときな。口は禍の門っていうからな」

へえ、と茂兵衛がしおらしく返事をする。

「玄七、この髪じゃ表を歩くのもなんだろう。ちゃんと結い直してやんな。ただし、お代はしっかり取るんだぜ。茂兵衛、おまえさんもケチな真似せずちゃんと払うんだ」

「へへえ、わかっておりやす」

茂兵衛は体をそれ以上折れないというぐらいに、ふたつに折った。

「おっと、それから玄七。怪我をさせた男がいるらしいが、ちゃんと謝っておきな。医者にかかっているんだったら、その薬礼も払うのが筋だ」

「へえ、もう重々」

玄七は深く頭を下げた。

どうやら玄七も茂兵衛もたっぷり灸を据えられたようだ。

「五郎七、玄七の家に行って二人の様子を見届けろ。おれは菊之助とそこの菓子屋で茶を飲んでいる。菊之助、来な」

「まったく、おまえはおれの都合も聞かずに」

「どうせ暇なんだろう。もったいぶるな」

秀蔵はいつもこんな調子だ。

菊之助があとを追おうとしたとき、遊んでいた少女たちのお手玉が転がってきて、うっかり踏んづけてしまった。

ああー！　と、少女たちの口と目が丸くなり、体が固まった。菊之助も草履で踏んづけたお手玉を見て、情けない顔で少女たちを見た。

「ごめんな。そんなつもりじゃなかったんだ」

「おじさん、気にしなくってもいいわよ。汚れただけだから、それにほら……」

一番年上らしい女の子がそういって、袖のなかから新しいものを出した。

なんだ、おさとちゃん。そんなとこに隠していたのとか、踏まれたのはもう穴が空きそうだったから気にしない気にしないと、女の子たちは菊之助の不始末にはてんで頓着することがない。

「悪いね。今度新しいの持ってきてあげよう」

菊之助はそういって、踏んづけたお手玉をつまみあげて、近くの少女に返した。

秀蔵が誘ったのは浜町堀に面した通りにある団子屋だった。店先の幟が秋風に気持ちよさそうにはためいている。

「しばらく顔を見ていなかったが、元気そうで何よりだ」

秀蔵はそういって串団子を頬張った。秀蔵は酒もたしなむが、どちらかというと甘党の口だ。

「それで、何か用か」

菊之助は秀蔵と顔を合わせると、どうしてもつっけんどんな物いいになってしまう。幼なじみという関係だからか。いや、じつは従兄弟なのだ。菊之助の亡き母の弟の息子が秀蔵なのである。

幼いころは互いの家を往き来し、野山で遊び、取っ組み合いの喧嘩をした仲だった。

秀蔵の家は代々町奉行所同心だが、菊之助の父は八王子千人同心だった。町奉行所同心と違い、八王子千人同心は郷士から取り立てられるものが多い。菊之助の父もその例外でなく、仕官先がなくなればただの浪人でしかない。

よって、菊之助が研ぎ師に甘んじているのも仕官先がないだけのことなのだ。だが、今の生活を悪いとは思っていない。むしろ研ぎ師となって市井に投じた自分の身の振り方は悪くなかったとさえ思っている。

「ちょいと手を焼いていることがあってな」

秀蔵は喉につかえそうな団子を茶で流し込んでからそういった。

菊之助はにわかに顔をしかめ、湯呑みのなかの茶柱を見つめる。また、仕事の手伝いをしろという腹づもりなのだろう。

「おまえの手先になることだったら、まっぴらごめんだ」

「話をする矢先にそれかい。まったく食えない野郎だ」

「食えないのはどっちだ」

菊之助は茶を飲んだ。ついでに団子も頰張る。

「次郎もそこそこ役に立っているのではないか……」

「あれ、おまえさん、まさかやつを人身御供でおれに預けたんじゃあるまいな」

「冗談じゃない。見込みがありそうだからといって勝手に使っているのはおまえではないか」

「まあ、そうカリカリするな」

秀蔵は首を振りながら懐から煙草入れを出し、銀煙管をくわえた。

「用があるなら早くいえ」

「うむ。まだ正式な訴えは出ていないが、見廻り先で妙なことを耳にしてな。それで手先にそれとなく種を拾わせているんだが、まだぴんと来るものがない。かといって、放っておけるような話でもないんだ」

「どういうことだ」

もったいをつけた秀蔵の話に、菊之助は興味を持った。

「他人から金を集めてそのまま逃げた商人がいるんだ。十両二十両だったら、まあ聞き流しておくところなんだが、五百両は下らないというからな」

「五百両……」

「ああ、その悪党はうまい餌を目の前にぶら下げて金を集め、そのままとんずらってわけなんだが、どうも裏がありそうなんだ」

「もうちょいとわかりやすくいってくれないか」

そういうと、秀蔵が目尻にしわをよせて、ふふと楽しげに笑った。その瞬間、菊之助は秀蔵の魂胆にはまりそうな自分に気づいた。だから慌てて、

「いや、もういい。おまえの話を聞くと、おれの仕事がおろそかになる」

「おいおい、ほんとにいいのか。ほんとはおかめ男のくせしやがって」

「なんだ、そのおかめ男というのは？」

「おまえは他人のしていることを傍(はた)で見て楽しんでいるだろう」

「馬鹿をいえ、そんなことあるか。まったく、変なたとえをしやがって気にくわぬやつだ」

「ほんとは気になっているんだろう。聞かせてやろうか」

「聞かぬ。おまえの話なんぞ、おもしろくも何ともない」

「どうしても聞きたくないか」

「ああ、仕事を思いだした」

菊之助は縁台から腰をあげたが、袖をつかまれてまた座り直させられた。秀蔵はそのままぐいと引っ張って、顔を近づけてくる。

従兄弟ではあるが、この男は羨(うらや)ましいほど眉目秀麗(びもくしゅうれい)な顔立ちをしている。きりりとつり上がった流麗な眉に、涼しげな目。鼻筋も通っており、色も白い。そのまま歌舞伎役者にでもなりそうな顔立ちなのだ。

「なんだ?」

「ほんとに聞かなくていいのか?」

そう聞かれると、聞きたくなるのが人間の性(さが)だ。だが、菊之助はぐっと我慢して、

「ああ、何もいわなくていい」

そういうと、秀蔵は突き放すようにして菊之助を自由にした。

「まあ煮詰まった話ではないからいいだろう。だが、ことが大きくなったその暁(あかつき)には、おまえにはまた一役買ってもらうかもしれねえぜ」

「勝手なこと、ぬかしやがって」

今度こそ菊之助は立ちあがって縁台を離れた。

「包丁を研ぐより、おれと付き合ったほうが実入りはいいだろうに」

「余計なお世話だ」

菊之助はそのまま背を向けた。

七

菊之助は自分の家に戻る前に、伊佐次の家に寄ることにした。かなりの出血に見えたから気になっていたのだ。

ところが伊佐次の家の近くに来ると、戸口からちょうどお志津が出てきたところだった。

お大事にといって戸障子を閉めたお志津の顔が菊之助に向けられ、あら、と京紅をさした唇が丸く開いた。

「加減はどうです？」

「幸いたいしたことありませんでしたわ。血の出が多かったので心配になったのですが、それもすぐに止まりまして、消毒をして晒を巻いておしまいです」

「そりゃ何よりでした」

菊之助は閉まっている伊佐次の家の戸を見た。

「玄七さんと茂兵衛さんという方もつい先ほど見えて、そりゃ人が変わったように平身低頭で謝って行かれました」

「番屋でいやってほど灸を据えられたようですからね」

「何にしても喧嘩はいやですわね、菊さん」

そう呼ばれて、菊之助は、はっとなってお志津を見た。はじめて親しげに「菊さん」と呼ばれたからであり、またそれが嬉しかった。

「お茶でも飲んでいかれますか。手習いの支度がありますから、そう暇は取れませんが……」

「それじゃ、邪魔にならない程度に」

受けた。

菊之助はお志津の家に呼ばれはしたが、居間にはあがらず、上がり框で茶を

「あの男、普段は何をしているんですかね」

茶を一口飲んでからお志津に顔を向けた。

「さあ、何をしておいでなのでしょうか。日に何度か出かけられている様子ですが、とくに仕事をされているようにも見えませんからね」

「長屋の女房連中もあの男のことをあれこれ話していますが、不思議な男です」

「そうですね。菊さんも気になさっているのね」

「いや、気にしているってほどのことではありませんが……そうはいっても、同じ長屋の住人ですから、やはり気にはなりますね」

「そうですね。なにやらつらい過去がおありなのではないでしょうか」

「つらい過去か……」

菊之助は湯呑みを両手で包んで遠くの空を見た。

しばらく思いださなかった死んだ妻の顔が脳裏に浮かんだ。あいつには何ひとつ満足なことをしてやれなかったなと、今さらながらのように思う。彼岸はとうに過ぎたが、せめて墓参りにでも行ってやらなければならない。

「どうかなさいましたか？」

ぼうっとしていると、お志津に声をかけられた。

「いや、なんでもありません。あまり長居をすると迷惑だ。それじゃ馳走になりました」

菊之助は早々にお志津の家をあとにした。

帰り際に伊佐次の家を見たが、ひっそり静まったままだった。

天水桶の上で居眠りをしていた猫が大きなあくびをして、また頭を前脚にのせて目をつむった。ひと騒ぎあった長屋も、普段の空気を取り戻していた。

伊佐次についてちょっとしたことを耳にしたのは、その日の暮れ方だった。

早めに仕事を終えた菊之助が湯屋から長屋に帰ってくると、噂好きのおつねがちょっとちょっとと手招きをする。

「どうかしたかい」

「あの伊佐次って人のことだよ」

口に手をあて声をひそめているつもりなんだろうが、その声はちっとも低くない。

「今日さ、家主さんのとこに遅れた店賃届けに行ったとき、聞いたんだよ」

「何をだい？」

「あの人、どうやら店をつぶしてここに移り住んできたらしいんだよ。どんな商売だか知らないけどさ、請け人が四谷（よつや）の大きな小間物（こまもの）屋の喜兵衛（きへえ）って旦那らしいんだよ」

「ほう」

「請け人がしっかりしているから家主さんは家を貸したらしいけど、それにしてもおかしいと思わないかい」

「………」

菊之助は黙っておつねの黒い顔を見る。最近しわが増えたようだ。

「店をつぶしたんなら、何も二間つづきの南側筋の家を借りることたないだろ。あたしらみたいに安い家で十分じゃないか。それに独り身なんだからさ」

「そうだな」

「なーんか裏のある人だよ、あの人は」

「人にはいろいろあるからな」

「まったく菊さんは能天気だね。災いの元じゃなきゃいいと祈るだけだよ」

おつねはそれだけをいうと、盥（たらい）を持って井戸のほうに歩いていった。

その後ろ姿を見送りながら、

「災いの元か……」

と、菊之助はつぶやいた。

その夜は家で静かに酒を飲んでいた菊之助だが、買い置きの酒がいつの間にか底をついたので、酒屋に買いに行くことにした。

表に出ると、寒そうな三日月が浮かんでいた。秋虫の声もめっきり少なくなっており、日が落ちると風の冷たさが肌にしみるようになっている。

難波町(なにわちょう)の酒屋で酒を買って家に引き返したとき、菊之助は小川(おがわ)橋の上に立つ人影を見た。提灯を提げた男がそのそばを通らなかったら気づかなかったかもしれないが、人影は伊佐次だった。

橋の欄干(らんかん)に手をつき、いつもの暗い顔で川面をじっと見つめていた。その思い詰めた顔が通り過ぎた提灯の明かりに浮かび、そして暗い闇に溶け込んだ。

菊之助が立ち止まってしばらく見ていると、伊佐次は肩で大きな吐息をつき、こっちに背を向けて久松町(ひさまつちょう)のほうに歩いていった。その後ろ姿は侘(わ)びしく、そこはかとない孤愁が漂っていた。

菊之助は声をかけるべきだったかと思いもしたが、そのまま家に引き返した。

と、木戸のそばまで来たとき、風体(ふうてい)のよくない三人連れが源助店に入っていくのが見えた。いずれも険悪な臭いを感じさせた。

三人連れは南側筋の路地に入っていったので、そちらの家に用があるのだろう。気になった菊之助はあとを追うことにした。

すると、その三人連れは伊佐次の家の前で低声(こごえ)で密談をしているふうである。路地に漏れている仄明(ほのあ)かりで男たちの顔がぼんやりと見えた。

菊之助がなに食わぬ顔で近づくと、ひとりが気づいて「おい」と呼び止めた。

「なんでしょう」

「ここに伊佐次って野郎が住んでいると聞いたが、知らねえか」

菊之助はわざと首をかしげた。直感だが、なにやらよからぬ臭いがするし、夕方、おつねに伊佐次のことを聞いたばかりである。

「さあ。あっしはこの長屋のものですが……知りませんね」

通用するかどうかわからないが、とりあえずとぼけると、三人はおかしいな、ここだと聞いたんだが、と互いの顔を見合わせた。

「ほんとに知らないんだな」

もう一度さっきの男が聞き返してきた。

「あっしはここの住人ですからね」

すっかり板についた町人言葉で、もう一度いってやった。

「聞き違えたのかもしれねえ。じゃあ、行くか」

男たちはもう菊之助には目もくれずに長屋を出て行った。

乾いた雪駄の音が徐々に遠ざかり、男たちの姿も見えなくなった。菊之助は明かりのついていない伊佐次の家の戸を見て、もう一度表に目を向けた。

——いったい何をしてきた男なんだ……。

菊之助は胸の内でつぶやきを漏らして、伊佐次の家を離れた。

第二章　黒い影

一

満々と水をたたえた大川はゆるやかに流れ、さざ波を打つ川面が日の光をきらきら照り返していた。二艘の荷足船がすれ違い、下りの舟を操っている船頭が、枯れた声で唄を歌っていた。

その声が次第に遠ざかるなか、「てやあッ！」と、気合いの入った声が河原に響いた。

「それ、もう一本だ。最後だから気をゆるめるな」

「はッ」

木刀を青眼に構え、菊之助に対峙している次郎の肩は上下に激しく動いていた。

顎から大粒の汗がしたたっている。

「さあ、こい」

菊之助は涼しい顔で次郎を誘う。

二人とも片肌脱ぎで、股立ちを取っている。

次郎が砂地を蹴って木刀を振りあげ、打ち下ろした。菊之助は一寸ほど足を後退させつつ、打ち下ろされる次郎の木刀を左に払った。次郎の体が泳ぎ、隙だらけになった。

「たぁ」

気合いを入れた菊之助の木刀が次郎の右肩に打ち下ろされ、紙一重のところでぴたりと止まる。

「まいりました」

次郎はそういって、両手を砂地につき、激しく呼吸をした。

「まだまだだが、以前よりは腕をあげたな」

「え、ほんとですか？」

驚いたように次郎が顔を振りあげた。

「もともとおまえは筋がいい。なかなかだ」

嘘ではなかった。だから今日はあまり手加減をしなかった。

「でも、負けてばかりだ。菊さんにさわることもできなかった」

「三月（みつき）や半年でそううまくいくか」

菊之助は河原の土手に腰をおろした。そばに次郎がやってきて、噴き出る汗をしきりにぬぐった。

「また、稽古つけてくださいよ」

「うむ。それはそうと、仕事はどうなんだ？」

「まあ、ぼちぼちです」

「実家のほうには帰っているのか？」

「この前、顔を出してきましたよ。ちゃんとやってるから心配するなって。たまに顔見せないと、心配性のおっかさんが可哀想だから……」

「そうか……」

次郎は大川の対岸に目を向けていた。西日がその顔にあたっていた。

両国橋東詰めの先に次郎の実家はある。

「秀蔵の仕事はどうだ。この前、金を騙（だま）し取って逃げた商人がいるとかいっていたが……」

「大金取って逃げたって話ですね。ちらりと耳にしましたが、おいらには何も」

次郎は首を振って、ぐっしょり汗を吸った手拭いを絞った。

「それにしても、世の中には悪いやつがいるもんですね」

「そうだな。つぎからつぎへと……御番所の仕事も大変だ」

菊之助ははだけていた着物を整えた。

「そろそろ帰るか」

「はい」

二人は暮れなずむ大川をあとにした。

「九助さんのとこに来た新しいおかみさんに会いましたか？」

「もう来ているのか……」

「昨日か一昨日だったか、若くてきれいなおかみさんです。あれじゃ九助さんが、前のおかみさんと別れたわけが何となくわかりますよ」

「そんな若い女か……それにしても、離縁されたおまささんが気の毒だ」

「まったくです」

二人が歩いているのは武家地の通りだ。右側には美濃国加納藩中屋敷、左側には一橋刑部邸の長い塀がつづいている。

「……この前、越してきた伊佐次って人、何してんですかねえ」

次郎が唐突につぶやいた。

また、伊佐次の話だ。菊之助は次郎の横顔を見た。

「何か気になることでもあったか……」

「へえ、箒売りに出歩いているとき、ときどき見かけるんです。挨拶しても返事をよこさねえから、最近じゃ声もかけねえけど、昨日は永代橋のそばにぼうっとつっ立っていて、その前は柳原土手を腑抜け面で歩いていましたよ」

「………」

菊之助は暗い伊佐次の顔を思い浮かべた。

「まあ、おいらには関係ねえことだけど……」

次郎はそういってから毒にも薬にもならない他愛ないことを勝手にしゃべった。

いっしょに歩く菊之助は、上の空で聞きながらお志津のことを考えていた。

一度柳橋に酒の供をしてもらってからずいぶん日がたっている。もう一度いっしょしたいものだ。また、誘ってみるか……。

そんなことを考えているうちに自宅長屋のそばまで来た足が止まった。隣で意味もないことをしゃべっていた次郎も口をつぐみ、立ち止まった。

反対側の道から襷がけに鉢巻きをした女房連中の一団を見たからだ。手に箒やハタキを持っているのは可愛いが、なかには長い樫の棒を肩に担いでいる女もいる。

その先頭を切って歩いているのが、九助の前の女房おまさだった。目の色を変えた勇ましい姿には、道行くものたちも立ち止まってぽかんと口を開けて見送っていた。

一団は、おまさを筆頭に五人だった。

「何です……?」

「さあ……」

次郎にそう応じた菊之助は、また長屋で騒ぎが起きるのかと危惧した。

女たちは案の定、源助店に入っていった。おまさが住んでいた南側筋のほうだ。

「行ってみますか」

「うむ」

菊之助と次郎は女たちを追って路地に入った。そのあとをつけてくる町の野次馬連中もいる。

おまさは九助の家の前で立ち止まった。自分が先日まで住んでいた家だ。そして、今は他の女房が居座っている。

「九助が女房おしの、いるなら戸を開けやがれ！」

戸口前で仁王立ちになったおまさが、声を張った。

「やい泥棒猫、開けないかい！」

連れの女も黄色い声を重ねた。

すると、九助の家の戸が勢いよく開いた。ちらりと新妻おしのの顔が見えたが、すぐに脇の壁に背中を押しつけて見えなくなった。

おまさたちはそれをきっかけに、疾風怒濤の勢いで家のなかに押し入った。

とたんに、ものの壊れる音が長屋中に響いた。障子が蹴倒され、表に土瓶や鍋や釜が放りだされた。それはすごい騒ぎだった。家のなかで暴れまくるおまさたちは口々に罵り声をあげ、そこらじゅうのものを壊し、倒し、放り投げた。

「これでもか、これでもか。ええい、これもそれも、これもだ！」

わめき声といっしょにたたき壊されるものの音が響いた。

「菊さん、どうするんだよ。黙って見てていいんですか」

次郎が菊之助の腕をつかんで揺さぶった。

「放っておけ、これは後妻打ちだ」

「後妻打ち……？」

「なんだ、知らなかったのか。亭主と別れた女房が、腹いせに後妻のいる家に押しかけて鬱憤(うっぷん)を晴らすんだ。だから、おまささんはそれをやっているんだ。おしのさんも、それがわかっているから黙って見ているんだ」

「で、でも……メチャクチャじゃないですか」

「これで互いにあとを引きずらなきゃ、めでたしめでたしだ。要はそういうことなんだよ」

「そんなことが……おいら、はじめて知りましたよ」

次郎は目を丸くして見ていたが、たしかに近所のものたちも止めに入ろうとはせず、にやにや笑って眺めている。

先妻と後妻の気持ちがこれで晴れて、丸く収まるという後妻打ちは、江戸庶民が生み出した知恵といえた。

やがて騒ぎは収まり、額に汗を浮かべたおまさたちが表に出てきた。おまさは集まった野次馬たちを一瞥(いちべつ)すると、もう一度家のなかに顔を向けた。

「おしのさん、せいぜい亭主を可愛がっておくれましよ。あたしゃ、あんな古亭主をもらってくれたあんたに感謝しているぐらいさ」

土間口に立ったおしのは、その言葉を受けて、

「ご苦労様でございました」

と深々と頭を下げた。

おまさは小さく顎を引くと、今度は長屋のものたちに向き直った。

「みなさん、お騒がせいたしました。これで胸のつかえもすっかり取れましたので、明日からまた元気に生きることができます。ほんとにお世話になりました」

おまさが頭を下げると、いっしょについて来た女房連中もそれにならって腰を折った。

長屋のものたちから、元気でやれよ、頑張れよという励ましの声が飛んだ。

そんな声に送られながら、おまさたちは長屋を出ていった。

「やれやれですねえ。おいらにはわからねえことがいっぱいあるな」

次郎が腕を組んで、うなるようにいった。

二

高砂町の南を北に向かう一本の筋を大門(おおもん)通りという。吉原(よしわら)は浅草に移ったが、

それまではこのあたりに遊廓街があり、その大門へ向かう道だったのだろう。通りの名の由来はその辺にあるのかもしれない。

と菊之助は勝手に思っていた。その大門通りの小料理屋で、飯を食うついでに軽く引っかけての帰りだった。店先の軒行灯や赤提灯の明かりが通りに帯を作っていた。賑やかな店もあれば、静かな店もある。

痩せた野良犬が路地から出て、よたよたした足取りで通りを横切り、反対側の路地に消えていった。冷たい夜風が酒で火照った肌に気持ちよかった。

「なんでも謝りゃすむってもんじゃねえんだ」

そんな声を聞いたのは、すでに戸を下ろしている瀬戸物問屋の前だった。天水桶の前で土下座をしている男の肩を、ひとりの浪人が蹴った。土下座している男は横に転げて、許してくださいと平謝りをしている。

「この野郎、なんべんいわせりゃいいんだ」

浪人はしゃがみ込むと、男の襟ぐりをつかんで引き寄せた。浪人にはもうひとり、懐手をしたつれの男がいた。

「そ、それじゃ、どうすれば。何も悪気があってぶつかったのではないのです」

「ふざけるな。通りの真ん中を歩いていたおれたちに、ぶつかるってえのがおかしいじゃねえか。それじゃ仕方がねえ」

「あ、やめてください」

男は自分の懐に手を入れようとした浪人の手をつかんだ。浪人は財布を奪い取ろうとしたようだ。

「やめねえかい」

足を止めていた菊之助は、そばに行って声をかけた。浪人の顔が振り向けられた。同時におびえている男の顔も向けられた。

……伊佐次。

「なんだ、てめえは？」

浪人が牙を剝くような顔でにらんできた。

「何があったか知らないが、謝っているじゃないか。おれはその男と同じ長屋のものだ。黙って素通りするわけにはいかぬ」

「なんだとぉ」

しゃがんでいた浪人は、伊佐次を突き飛ばして立ちあがった。つれの浪人も菊之助に体を向け、刀の柄に手を添えた。

「おっと、喧嘩はごめんだ」

菊之助は相手を制するように手をかざして言葉を重ねた。

「それより、どうしてこうなったか、わけを話してくれないか」

「生意気なことをいいやがる。こいつがおれたちにぶつかってきて、なにくわぬ顔で行き過ぎようとしたから頭に来てんだ。謝るのが筋だろうが。この野郎はおれが注意しなきゃ、そのまま行っちまうとこだったんだ」

「なるほど。それはよくない。だが、もう謝っているから許してやってくれないか」

菊之助は地面にひざまずいている伊佐次をちらりと見てから、浪人に顔を戻した。

「このとおりだ。おれも謝る」

菊之助は膝に手をつき、頭を下げた。

「……けっ、近ごろはどいつもこいつも。おう、飲み直しだ」

浪人はもう一度、伊佐次を蹴ってから背を向け歩き去った。

菊之助は二人の浪人を見送ってから、伊佐次に手を貸した。

「伊佐次さんじゃねえか。いったいどうしちまったんだ。さあ立ちな」

「申し訳ございません」

伊佐次は立ちあがって頭を下げ、埃を払った。

「おれのことは知ってるな」

「研ぎをやってらっしゃる荒金さんですね」

「そうだ。わけを聞かしてくれないか……」

伊佐次は覇気のない目で菊之助を見た。その片頬が近くの軒行灯の明かりを受けていた。

「……あんたにはいろいろ噂があるんだ。その辺の店で話をしないか？」

「噂……どんな噂でしょうか……」

伊佐次の顔に一瞬怯えが走った。

「どうだ？」

再度誘うと、伊佐次は黙ってうなずいた。

菊之助は駕籠屋新道にある居酒屋に伊佐次をいざなった。

店は常連らしい客でにぎわっていた。菊之助は空いている隅の席に座って酒と肴を注文したが、伊佐次はきちんと両膝を揃えかしこまったように座っている。

「まさか下戸じゃないだろうな」

「……いいえ」

「それじゃ、遠慮することはない。誘ったのもこっちだ。勘定(かんじょう)の心配もいらない」

「申し訳ありません」

伊佐次は頭を下げて猪口(ちょこ)を口に運んだ。

相も変わらず暗い顔であるが、こうやって近くで見ると、なかなか整った顔立ちをしている。年は三十前後だろう。今年三十三になる菊之助とそう変わらないはずだ。

「いつも何をしてるんだい？　とくに仕事をしてるようには見えないが……」

「なんと申せばよいか……」

そういったきり伊佐次は口をつぐむ。それでも菊之助が酌をしてやると、ちゃんと受けて酒を飲む。

「さっきの浪人はともかく、昨夜おまえさんを訪ねてきたものがいたよ」

伊佐次はさっと顔をあげ、目を見開いた。

「おまえさんを捜しているようだったが、感心できそうにない顔ぶれだったので、いないといってやった」

ほっと、伊佐次の顔に安堵の色が浮かび、申し訳ないですと頭を下げた。

「いいたくなきゃ、これ以上聞かないが……何か困っていることがあるんじゃないか」

伊佐次は猪口を握ったまま一点を見つめつづけた。

「まあ、人にはいろんなことがある。笑って過ごしている長屋のものも、そのじついろんな問題を抱えているんだ。おまえさんだけ暗い顔して、近所付き合いもしないようだと何いわれるかわからない」

「……あの、さっきいろんな噂があるとおっしゃいましたが、いったいどんな噂が流れているんでございましょう」

「大層なことじゃない。おまえさんがどこで何をしていたんだろうかとか、仕事もしていないようだが、いったい毎日何をしているんだろうといったようなことだ。……無理もないだろう。誰もおまえさんのことを知らないんだ。それに長屋のおかみさん連中は暇にあかして他人のことを詮索したがる」

「……………」

「気づいているとは思うが、おれはもともと侍の出だ。研ぎ師に収まっているが、こうなるにはいろんなことがあった。父親は八王子千人同心だったが、おれは仕官できなかった。さいわい幼いころから武芸を仕込まれていたので、田舎道場で剣術指南をやっていたが、その矢先両親が死に、ついでに妻まで流行病で死んでしまった。そして、道場は立ち行かなくなり、つぶれた。どうして自分にだけ、不幸がついてまわるのかと、世間を恨んだこともある」

いつしか、伊佐次は真剣な顔で聞き入っていた。

「親から譲り受けた屋敷はたいした金にはならなかったが、売り払って妻の実家に半分以上はやってしまった。せめてもの妻への恩返しだと思ってな」

「それで研ぎ師になられたのですか」

「すぐなったわけではない。仕官先のない武士ではどうしようもないから、医者になろうとしたこともある。町道場で雇ってもらうことも考えた。他にもいろいろ考えてはみたが、結局行きついたのが包丁研ぎということだ」

「……そうだったのでございますか」

「だからといって、腐ってはいない。今の暮らしは、おれの性に合っているような気がする。……まんざらでもない」

「立派ですね」

「そんなことはない。だが、おまえさん、ずいぶんつらい目にあっているんじゃないか……」

そういうと、伊佐次はうつむいて唇を噛んだ。行灯の明かりを受ける伊佐次の目の縁が心なしか赤くなった。それから急に顔をあげて「あの」と口を動かした。

「なんだい？」

「このことはしばらく他言無用に願えますか……」

「話にもよるだろうが、そういうのであれば無闇に人に話しはしない」

「わたしは、その深い事情持ちでして……」

そういって、伊佐次はたんたんと話をはじめた。

三

伊佐次は大塚にある化粧屋「大和屋」の婿養子だった。店は大きくはなかったが、手堅い商売をする店で、界隈ではそれなりの信用があった。養子に入ったのは、大和屋の主夫婦が他界する前のことだった。それが六年前のことである。

婿養子として迎えられた伊佐次は、店を守るために妻のお豊と力を合わせて仕事に精を出し、ひとり娘をもうけた。

大きく儲けの出る商売ではないが、幸せそのものだった。そうはいっても、伊佐次には男の意地があった。養子に入って安住しているのではつまらない、何とか店を大きくしようと、常から考えていたが、それにはもっと繁華な土地に移るしかないように思われた。だが、その元手は簡単にできるものではない。

こつこつと金も貯めてはいたが、娘の思わぬ病気の薬代や傷んだ店の普請などで、せっかく貯めた金は出てゆく。また振り出しに戻って貯めるしかないが、日本橋や浅草、あるいは両国あたりに移るのは夢のように思えてきた。

ところが思わぬ儲け話が転がり込んできた。

量蔵と半兵衛という二人の男が、ふらりと店にやってきたのは、桜がすっかり散った春の終わりごろだった。

「こちらの店はなかなか気に入りました。近所で聞いても大層評判がよろしいようで、願ったりかなったりです」

そういうのは量蔵という男だった。もうひとりの半兵衛という男は終始にこやかな顔でそばについているだけだった。

二人は近江の化粧問屋と取り引きをして、江戸のほうぼうに品物を卸しているということだった。

店先ではゆっくり話もできないと思った伊佐次が、二人を帳場横の居間にあげて話を聞くことにしたのは、量蔵が大きな儲けの口があるといったからだった。

「商いの邪魔になるといけませんので、手短に申しますが、取っておきの品を手に入れることができたんです。いや、これまで付き合いのある店に卸してもいいのですが、それでは旨味(うまみ)がない。一生に一度はいい思いをしたいとかねがね思っておりましてねえ」

量蔵はよく日に焼けた福々しい顔で茶をすすってつづけた。

「手前どもが店を持っていれば、自分たちでやるところですが、あいにく下(くだ)りものを卸すのが商売。かといって付き合いのある贔屓(ひいき)筋に卸しても、儲けは持っていかれるばかりです。そこで、今度ばかりは何とかあたしらも、少しはおこぼれに与(あずか)りたいと考えておりましてね。それで、ひとつこちらで相談に乗っていただけないものだろうかと、訪ねてきた次第なのでして……」

「そんなにいい品があるんでございましょうか……」

伊佐次はすっかり興味を惹かれていた。

「いえ、お断りになるなら、他の店で相談させてもらうだけなのですが……」

量蔵は手短に話すといったくせに、ずいぶん気を揉(も)ませることをいう。

「それでそれはどういった品なんでございます」

再度催促すると、量蔵は半兵衛が背負っていた荷のなかから、びいどろで作られた小瓶を取りだした。

瓶に貼られた紙には〝若美肌保水(わかびはだほすい)〟と書かれていた。

「これは……」

瓶から顔をあげると、量蔵は自慢そうに目尻を細め、

「これこそが、世の女たちが目の色を変えてほしがる品なのです」

「これが……」

「さよう。色が白くなり、しわをできにくくし、また小じわをきれいに取り、しみまで消してしまうという、世にまたとない化粧の品です。もうそれだけで、売れるのは間違いない。それゆえに、あたしらと組んで商売をできる方を捜しているところなんでございますよ。この近くに来たら偶然、こちらの大和屋さんのことを耳にいたしまして、相談に乗っていただけるかどうかと思いましてね」

伊佐次はじっとその瓶を見つめ、

「ちょっと試すわけにはいきませんか?」

「ああ、どうぞ、どうぞご存分に。せっかくですから、おかみさんに試してもらったらいかがでしょう」

さっきから興味ありげにこっちを見ていたお豊に、量蔵はにこやかな顔を向けた。

早速お豊がびいどろの瓶を手に取り、蓋を開けて匂いを嗅いだ。

伊佐次が身を乗りだしてその様子を見れば、お豊はえもいわれぬ気持ちよさそうな顔で、

「とてもいい匂いがしますわ」

そういって、手のひらにとろりとした液体を垂らした。

透明感のある乳色をしていた。

「それを気になるところに塗りつづけると、しわやしみが取れ、色も白くなります。他では決して手に入らない逸品でございます」

量蔵が自信ありげにいって、さあお試しくださいと勧める。

お豊は額と目尻に塗り込み、余りを頬にすり込んだ。

「すぐに効能が現れるわけではありません。何事もそうですが、しばらく使いつづけると、必ずやこの化粧の効能が現れるはずです。もしよろしければ、ご進呈いたしましょう」

「……よいのですか？」

お豊が遠慮がちに聞けば、伊佐次も口を添えた。

「まだどうするか決めかねているのに、まずいのではございませんか」

量蔵はいやいやと鼻の先で手を振って、

「一個や二個どうということはありません。どうぞ、お納めください」

「それじゃ、お言葉にあまえさせていただきます。……それで、お豊、どんなふうだい？」

伊佐次はお豊の顔をまじまじと見た。

「なんだかさらさらっとした感じで、肌になじむような気がします」

「そうでしょうそうでしょう。よくなじむのがこの化粧液の持ち味です。使いつづければきっと効果が現れますよ。もっとも、おかみさんは色も白くおきれいですから、効果がわかりにくいかもしれませんが」

ほっほっほと、量蔵は愛嬌(あいきょう)たっぷりに笑う。

世辞(せじ)をいわれたお豊はまんざらでもないらしく、笑み崩れた。

量蔵と半兵衛はすぐに返事はできないだろうから、またあらためて顔を出すといって、その日は帰っていった。

伊佐次とお豊は最初こそ、量蔵と半兵衛のことを胡散臭(うさんくさ)く思い、眉唾(まゆつば)物ではないかと疑っていたが、残されたびいどろ瓶に入った化粧液〝若美肌保水〟を前にしていると、これはまたとない話が転がり込んできたのではないかと思うようになっていた。

それに数日すると、お豊があの化粧液のお陰で、肌の張りがよくなった気がするという。実際、伊佐次もお豊の肌つやを見て、よくなったと思っていた。

「これはほんとにいい化粧液かもしれない。もし、これが大量に手に入れば、江戸中の評判になるに違いない」

「でも、あんた。注文に見合うような量があるのかしらね」

「あの量蔵って人はありそうなことをいっていたが、そうだな……」

もうそのときは、伊佐次の心は決まっていた。そして早く量蔵と半兵衛がやってこないかと心待ちにしていた。

その二人が現れたのは、五月二十九日。川開き当日のことだった。

「いかがでしょうか？」

顔を合わせるなり量蔵は、先日と変わらない人当たりのいい顔で聞いてきた。

「あの、この話は他にもされたのでしょうか？」

このことが伊佐次は心配だったので、真っ先に聞いた。

「いえ、大和屋さんだけです。商売とは信用が第一ですから、あっちにもこっちにもと尻軽なことは決していたしませんよ」

伊佐次はほっと胸をなで下ろした。

「それでしたら、是非ともうちにやらせてください。女房もいたく気に入っておりまして、肌の調子がよくなり、化粧ののりもよくなったと申しております」

「なんだか小じわも減ったような気がします」

と、お豊も言葉を添えた。

「それはようございました。それじゃ、あたしらと組んでいただけますか」

「それはかまいませんが、いったいどのように……」

それから量蔵は丁寧に説明をしていった。

四

「それでその話にまんまと乗せられたというのか……」

ひととおり話を聞き終えた菊之助は、そういってため息をついた。

「まさか金を持ち逃げされるとは思いませんで……」

伊佐次も深いため息をつく。

「それにしても、うまいことを考えたものだ。町のものを仲買人として使うという、先に仕入の金を取るとは……」

「十両出せば、二十両から三十両の儲けになり、しかも相手に喜ばれるということで話を進めてまいりましたから……。わたしがあの二人を信用したばかりに……」

量蔵と半兵衛の手口は巧妙だった。

まず、伊佐次の店を江戸の仲買店として顧客を集める。

その顧客には、得意客を十人作れば仕入に要した元手も取れるし、自分も商品の化粧液をただで使うことができるようになるという触れ込みで、さらに十一人目からの客の売り上げの半分はその顧客のものになるという仕組みだった。

つまり、伊佐次の大和屋を頂点として、その下についた顧客が得意客をつかめば、その顧客までも儲かるという話なのだ。もちろん、大和屋はその分の利ざやを見込んで顧客に商品を渡すので、何も損はしないことになる。

さらに、顧客がつけた得意客がまた新たな客を作れば、大和屋から発注される商品が増えるので、売り上げはさらに伸びるということになる。

量蔵と半兵衛にはその売り上げの二割が行くことになっていたし、直接の仲買仕事の利ざやで儲けることもできた。つまり誰も損はしないというからくりだった。

「それで、おまえさんが集めた客は何人いるんだ？」

「女房の客と合わせると十四人になります」

「すると、その十四人を騙したことになるんだな」

「結果的にはそういうことになりました。まさか、金を持ち逃げされるなどとは思いもしませんで……」

「化粧液はどうした。その顧客には渡してあるのか？」

「お試し用を含めてそれぞれに三個ずつです」

「それじゃ三個をもらって、あとの仕入にかかる金を全部先払いしたことになるわけだな」

「さようで……」

「全部でいくらになるんだ？」

「何もかも合わせますと、五百両は下りません」

菊之助はため息をついた。

十両出資した顧客もいれば、百両出したもののもいるという。伊佐次自身も店を抵当に入れて百三十両出したらしい。

「量蔵と半兵衛が仕入に行ってくるといって姿を消したのはいつだ？」

「七月の終わりごろでした」

それからたっぷり二ヶ月はたっている。

「二人の行き先はわかっていないのだな」

「わかっていれば、こんなところでくすぶってはいませんよ」

そういったときだけ、伊佐次は気丈な顔つきになって、ちくしょうと猪口を握りしめた。

「女房子供はどうしているのだ？」

それが、と言葉を切って伊佐次は顔をあげた。

「身の危険を感じ、夜逃げ同然で家を飛びだしたのが半月前です。いっしょにいては何かあったときに困ると思い、落ち合う日と場所を決めていたのですが、それがとんと……毎日その場所に行ってはいるのですが、会うこともできず……」

伊佐次はまたもやうなだれる。周囲では酔った客の笑い声や歌声がするが、菊之助と伊佐次の席だけがしんみりしている。

「毎日出かけているのは、女房子供に会うためだったのか」

「それもありますが、金を持ち逃げした二人を捜すこともあります。あの二人に金を返してもらわなければ、これまで世話になった人たちをすっかり裏切ったことになります」

「金を出したものはすでに裏切られたと思っているのではないか」

「まったくそのとおりで……」

はあと、伊佐次は重苦しいため息をつく。

「金を返せと取り立てにもあっていますし、脅迫を受けたことも二度や三度ではありません。頭を下げて経緯（いきさつ）を話しても、相手は聞いてくれませんし……逆の立場になれば当然のことだとわかってはいるのですが、どうしようもなくて」

「しかし、よくあの家を借りることができたな。着の身着のままで夜逃げしたようだが、金はあったのかい？」

「当面入り用のものがありませんと、あの二人を捜すこともできませんし、また一からやり直しをするにも金はいります」

ふむと、菊之助はうなずいて、酒をあおった。それから厳しい顔を伊佐次に向けた。

「遠慮なくいわせてもらうが、家を借りる金があったら、騙した客に先に返すのが筋ではないか。一からやり直すのに金がいるというが、金を騙し取られたも同然のものたちのことはどうするんだ。なかには有り金をはたいたものもいるかもしれぬではないか」

「おっしゃるとおりです。しかし、わたしを騙したあの二人を捜すのに無一文では何もできません」

それはそうかもしれない。

「家を借りたのは女房子供を迎えるためか……」

「はい。でも、あの家を借りることができたのは、以前わたしが奉公をしておりました店の旦那様のお陰なのです」

「小間物屋の喜兵衛という男だな。四谷に店がある……」

「どうしてそれを？」

伊佐次は目を丸くして驚いた。

「長屋のおしゃべり女房はもうそのくらい調べているさ。おれもその女房から耳にしたんだが……奇特な旦那だ」

「はい。すべてを包み隠さず話しましたところ、女房子供を抱えて橋の下で暮らすことはできないだろうと、当面の金をくださり、請け人になってくださいました。もちろん、いずれ返すつもりではいるのですが……」

「捨てる神あれば拾う神ありってことだ。それで女房と子供には会えずじまいなのか……」

「とんと……いったいどうしたのやら、毎日気が気でありません。ひょっとしたら誰かに捕まっているのではないかと、そんなことも考えます」

「妻子がどうしているか、たしかめることはできないのか？」

「大塚へ行けばよいのでしょうが、そんな勇気はありません。もし、誰かに顔を見られたらそれが最後です。当方に悪気がなくても、お上に訴えられていれば、わたしの首が飛ぶことになります。妻や子の顔を見ずには死ねません。またあの二人から金を取り返すまでは、何とか生き延びたいのです」

伊佐次はそこまでいうと、少し後ずさり、深々と頭を下げ、床に額を押しつけた。

「荒金さん。今の話、信用して申しましたが、なにとぞしばらくの間内密にお願いできますでしょうか。それこそ、毎日針の筵に座っているような心持ちなんでございます。お願いでございます。でも、話をさせていただき、少し気持ちが楽になりました」

「他のものに話すつもりはないが、おまえさんはこのままじゃ、明るいところは歩けないな。わかっているとは思うが、訴えが出ていれば、立派な騙りだ。しかも損金が自分のものはともかく、他人の金が五百両近くある」

そこまでいって、菊之助ははっと目を瞠った。

秀蔵が先日話したことを思いだしたからだ。

――他人から金を集めてそのまま逃げた商人がいるんだ。十両二十両だったら、まあ聞き流しておくところなんだが、五百両は下らないというからな。

秀蔵はたしか、そんなことをいった。あの話の張本人がこの伊佐次だったのだ。

「ともかく話はわかった。だが、おまえさん下手をすれば死罪だということは承知しているんだろうな」

「それはもう……」

伊佐次の顔が青ざめた。

詐欺は窃盗に準じて、十両以上は死罪というのが江戸の法律であった。

「しかし、そこまで話を聞いた以上、おれも黙っているわけにはいかないな」

菊之助がそういって酒を飲むと、伊佐次が目を瞠った。

「どこまでできるかわからないが、力を貸してやる」

五

冷や飯に根深汁をぶっかけ、さらに生卵を入れてかき混ぜる。

粗末な食事だが、これでなかなか栄養があると菊之助は思っている。ずるずるとすすり込みながらも、昨夜伊佐次から聞いた話を反芻していた。

目の前を蠅が飛んでゆき、釜の蓋に張りついた。

「さて、どうしたものか……」

茶を飲み、再び飯をかき込む。

つい同情し、気安く力になってやるといったが、へたをすれば自分も罪人になる。何しろ詐欺師をかくまっているのと同じなのだから。

ともかく、伊佐次を疑るわけではないが、量蔵と半兵衛という男がほんとうにいたかどうか、これをたしかめる必要がある。

さらには、量蔵とつるんでサクラとなったお雪という女のこともある。昨夜、菊之助はひととおりの話を聞いたうえで、さらに突っ込んだことを聞いていた。

主犯と思われる量蔵と半兵衛は、透けるように肌のきれいな女を連れてきて客を口説いたという。伊佐次も、そのすべらかな餅肌には目を奪われたらしい。

被害にあったのは十四人。そのなかには伊佐次の妻お豊の親戚も含まれていた。

簡素な食事を終えた菊之助は、小袖の着流し姿でもう一度伊佐次を訪ねた。

「さあ、どうぞお入りくださいまし」

顔を見るなり、伊佐次は平身低頭の体で居間にあげてくれた。

部屋は質素だった。着の身着のままでやってきたというのがよくわかった。箪笥もなければ食器類も少ない。衣桁に掛かっているのは浴衣だけだった。あとはがらんとしている。

「何もございませんが、どうぞ」

伊佐次は茶を出してくれた。出涸らしだったが、菊之助は黙って飲んだ。

「ともかく、一度大塚に行って来ようと思う。どんな騒ぎになっているか、この目と耳でたしかめたいからな」

「申し訳ございません」

伊佐次は深く頭を下げる。

「女房子供のこともわかるかもしれぬ」

「そうであれば願ったりかなったりです」

「ときに、その量蔵らを捜すにあたって、その相手の顔がわからない。おまえさんはしっかり覚えているはずだから、似面絵を作るのはいともたやすいはずだ」

「は、どのようにすれば……」

「うむ」

菊之助は竈から流れてくる煙を手で払って考えた。

「……ともかくおれは大塚に行って来よう。それからどうすればよいか、考えようではないか。それでよいな」

「はい、もうそれは荒金さんにおまかせいたしますので……しかし、お仕事の妨げになるのではございませんか。そんなことを思うと、心苦しくもあります」

「気にするな。仕事はどうにでもなる」

実際、急ぎの仕事はなかった。たとえ溜まっていたとしても、大きな問題ではなかった。

「それで気になることがある。先日、ここを訪ねてきた風体のよくない者がいたが、どうやって嗅ぎつけられたと思う?」

伊佐次はしばし視線をさまよわせたあとで、

「四谷の喜兵衛の旦那さんしか考えられません」

「請け人になってくれた小間物屋の亭主だな。四谷のどのあたりか教えてくれないか」

菊之助は伊佐次が口にしたことを頭に刻み込むと、

「またそんな連中がこないともかぎらない。それに町中でばったり出会うことになるかもしれない。外出を控えるのも手だが、押し込まれてはことだ。できれば他のところに身を移したが賢明だろう」

「……あたしには、そんなところは」

「おれの家にいればいい。当面はそれでしのぐことができるはずだ」

「ご迷惑ばかりおかけいたします。それじゃお言葉に甘え、そうさせていただきます」

それからすぐに菊之助は自分の家に伊佐次を連れてゆき、留守を預からせることにし、人が来ても出なくていいと釘も刺した。もっとも、口の軽い長屋の女房連中のことは気になったが、今日一日は何とかなるはずだ。

六

伊佐次が商っていた化粧屋「大和屋」は小石川大塚町にあった。ちょうど富士見坂を登りきったあたりである。当然、店は閉められており人の気配はなかったが、板を×印に打ちつけられた戸には、「盗人」「金返せ」「泥棒」……などという、被害にあったものたちの怒りの言葉を走らせた貼り紙があった。紙は風に吹かれてかさかさと、乾いた音を立てていた。

菊之助はおよそ半日をかけ、その界隈で聞き込みをやっていた。

当然のことではあるが、伊佐次の信用は失墜していた。

「まさか、金を持ち逃げされるとは思いもしませんで。おとなしい人あたりのいい伊佐次さんが、あんなひどいことをするとは……」

「信用できる男だから金を出したんだけど、とんだ食わせもんだった」

「あの男だけでなく、女房のお豊までもが……悔しいったらありゃしない」

被害にあったものたちは口を揃えて、伊佐次夫婦を非難したが、

「なんだい、あのつれの量蔵とかいう男。話があんまり上手だから、胡散臭いと

思っていたんだけど、お雪っていうそりゃあ息を呑むほど肌の美しい女を見せられれば、こっちだってその気になりますよ。それにしわやしみも取れるってことだったからね。悔しいからまだ使っちゃいるけど、ちっとも効きやしませんよ」

そんなことをいう商家の女房もいれば、伊佐次夫婦を庇うように、

「伊佐次さんもお豊さんも、あの連中に騙されたんだよ。そうはいっても、出した金は返してもらわなきゃ気が収まりませんけどね」

ともかく小石川近辺で被害にあったものたちが口にするのは、大同小異、金を返してほしい、まんまと騙されたということに尽きた。

聞き込みにあたっては自分も被害者を装ったので、みんなの口は軽かった。

もっとも大きな被害にあっていたのは、音羽町四丁目にある茶問屋「伊勢屋」の女房おこまだった。

「すっかりその気になって百両ですよ、冗談じゃありませんよ。亭主は顔を見れば、金はいつ取り戻せるんだと、そればっかりしかいわなくなっちまったし……」

四十に手が届こうというおこまは顔をしわくちゃにして、袖を嚙んで引っ張った。

「あんたも被害にあってんならここに連判しておくれなよ。伊佐次とお豊もそうだけど、あの量蔵とかいう鼻持ちならない男と半兵衛、そしてお雪って女を何としてでもふん捕まえて、金を返してもらわなきゃ困るだろ」

おこまは連判状を出して、それに署名しろとせっついた。

「いや、わたしのほうはすでに出しているから重なるとまずいんじゃないかな」

菊之助はうまく逃げた。

被害にあったものたちは小石川大塚町の名主を通して、町奉行所に訴えを出していた。

訴えは受理されたらしく、出頭命令の差し紙が来ているという。差し紙とは、訊問のために出頭を命じる令状である。

おこまは他の被害者三人と名主といっしょに、近いうちに町奉行所に出頭すると話した。

いよいよことは大きくなっているようである。

大まかなことを聞き終えた菊之助は、富士見坂の上に立って、西日を受けた富士山を眺めた。赤く染まった空を鴫の群れが遠くに飛んでいた。

またもや余計なことに首を突っ込んでしまったなと思う菊之助だが、もはや後戻りする気はない。それに伊佐次の人柄はおおよそわかった。

被害にあったものは口を揃えて裏切られたというが、そうでない町のものたちの多くは、量蔵と半兵衛という男に騙されたのだと断言するようにいい、妻のお豊と娘のおもとに同情の言葉も吐いた。

気になるのが、一度伊佐次を捜しに来た男たちのことだ。被害者の誰かが差し向けたと考えるのが常道だが、いったい誰であるかは不明である。

菊之助は翳りゆく光を背中に受けながら小石川をあとにして、その足で四谷に向かった。行くのは伊佐次が大和屋に入るまで世話になっていた小間物屋の喜兵衛宅である。

喜兵衛が営む小間物屋は四谷御門に近い、四谷塩町一丁目にあった。二間間口の表戸の上に掲げられている田村屋という屋号の書かれた看板は、すでに暮れた夜の闇に溶け込もうとしていた。

戸口脇のくぐり戸から声をかけると、あばた面の若い小僧が喜兵衛に取り次いでくれ、帳場横の小部屋に通された。

「伊佐次のことについてお訊ねになりたいそうだが……」

子持ち縞の着物に紺絣の羽織を着た喜兵衛の顔には、警戒の色が窺えた。

「じつはわたしは同じ長屋に住むものでして、昨夜、伊佐次から今度の件を詳しく教えてもらい、それで足を運んできた次第なのですが……」

喜兵衛は額と眉を同時に動かして、火鉢の炭に煙管をよせて火をつけた。

「どこまでお聞きになりましたか？」

喜兵衛は火鉢に顔をよせたまま上目遣いに、用心深そうに聞く。

「おそらくすべてでしょう。それで今日は大塚に足を運び、町のものから話も聞いてきました」

「……あの伊佐次が、あなたに何もかもしゃべったとおっしゃるんですか？」

「伊佐次が嘘をついていなければ、おおよそのことは聞いているはずです。旦那にもすべてを話したといっておりましたが……」

そういって、菊之助は伊佐次から聞いたことと、今日大塚で調べたことをかいつまんで話してやった。

喜兵衛は煙管を吹かしながら黙って耳を傾けていたが、その顔から次第に警戒の色が薄れてゆくのがわかった。

「菊之助さんとおっしゃいましたね」

喜兵衛は雁首の灰を火鉢に落としながら聞いた。菊之助は姓を名乗っていないので、喜兵衛は単なる町人だと思っているようだ。

「よほど伊佐次に信用されたようですが、なぜそこまで力になってやろうと思われる」

「うっかり話を聞いてしまったからでしょう。まあ、それには成り行きがありますが」

「どんな?」

喜兵衛は小首をかしげた。

菊之助は伊佐次が浪人に足蹴にされていたところに出会い、仲裁に入ったのが縁でつい情にほだされてしまったと正直に話した。

「まあ、行きがかりでそうなったわけですが、同じ長屋の住人として放っておける話でもないでしょう。それに、もし伊佐次が大嘘つきの騙り屋なら、なお放っておけることではありません。長屋の住人は、みんな肩を寄せ合って生きているものばかりです。不埒者が入って来て悪さをされたら迷惑このうえない。そうではありませんか」

「菊之助さんはなかなかご奇特な方のようだ。まあ、おっしゃるとおりではありますが、あなたは自分の仕事を放りだしてこんなことを……」

「しがない包丁研ぎですから、あいにく暇はあきるほどあります」

なるほどと、喜兵衛は初めて目を細め相好を崩した。

「伊佐次がうちの店で長年奉公をして、大和屋さんに迎えられたことはご存知なのですね」

「だいたいのことは聞いております」

「あの男は十二からうちで奉公をはじめましてね……」

喜兵衛はそういってから伊佐次の熱心さ、正直さ、そして人のよさを滔々と話した。その話しぶりから、いかに喜兵衛が伊佐次を買っていたか、よくわかった。

「倅がいなければ跡を継がせたいと思ったことも一度や二度ではありません。それに親思いの男で、奉公に来て給金をもらえるようになってからというもの、そりゃあ感心するほどまめに母親の面倒を見ておりました。てなし子で育ったから母親への恩が深かったんでしょうが、滅多に真似のできることではありませんでした」

「その母親は……」

「もう十年ばかり前に亡くなりましたがね」

「そうですか、ともかく伊佐次のことはわかりましたが、ちょいとお訊ねしたいことがあるんです」

「なんなりと……」

顔を合わせたときと違い、喜兵衛は自ら菊之助の湯呑みに茶をつぎ足してくれた。

「数日前、伊佐次が留守のとき訪ねてきた男がいるんです。あまり風体のよくないやつでしてね、もしや心当たりはないかと……」

「いや、そんな男には覚えはないが、何か騒ぎでも……」

「たまたまそばを通りかかったわたしは伊佐次のことを聞かれたので、知らないととぼけてやりました。どうもいけ好かない男たちでしたから。……すると、騙されたものの誰かが差し向けたのかな……」

菊之助は腕を組んで襖の上の欄間に目を向けた。

「伊佐次があそこに住んでいるのを知っているのは限られているはずですが、それは解せないことでありますな。ともかく伊佐次が無事であれば何よりなのですが、あなたはこれからどうなさるおつもりで?」

「話を聞くかぎり伊佐次は潔白です。悪いのは伊佐次に取り入った量蔵と半兵衛、それからお雪という女です。現に集めた金をやつらはまんまと持ち逃げしているのですからね。だけど、このまま黙っていれば、いずれ伊佐次は町方に捕られることになるでしょう。その際、量蔵らもいっしょに捕まっていれば申し開きもできましょうが、そうでなければ死罪は免れません。すでに御番所は騙されたものたちの訴状を受け取り、差し紙を出しています」

「なに、ほんとですか」

　喜兵衛は驚いた顔で、持っていた湯呑みを長火鉢の猫板に置いた。

「訴状を正式に御番所が受け取ったとなると、町方は目の色を変えて伊佐次を捜すでしょう。その前に量蔵らを見つけることができればよいのですが……」

「菊之助さん、あの男の女房や娘のこともあります。ひとつ力になってもらえませんか。わたしからも、このとおりお願いします」

　喜兵衛は畳に両手をついて頭を下げた。

「いや、そんなことはよしてください。わたしはただ放っておけなくなっただけですから」

「それはわたくしとて同じ。なにせ伊佐次は我が子のような男ですから。わたしがもう少し若ければ、何とかできましょうが、このごろは腰が思わしくなく、情けない体になっております」

「もとより助(すけ)を頼むつもりで来たのではありませんから――」

さっと、喜兵衛は片手をあげて遮(さえぎ)った。

「些少(さしょう)ではありますが、これはわたしからの気持ちです。何とかあの男を救うために、これはその足代だと思って納めてください」

喜兵衛は懐から出した財布を菊之助の前に押しやった。

菊之助はしばし躊躇(ためら)ったが、結局は受け取っておくことにした。

七

伊佐次はあたりがすっかり暗くなってから、井戸端に行き米を研いだ。それも人目を忍ぶように急いで研ぐ。秋の虫が近くの草むらで鳴いていた。そんな声も日に日に少なくなってきており、風も冷たさを増している。

米を研ぎ終えた伊佐次は急いで菊之助の家に戻った。

隣近所の家の明かりが暗い路地に漏れ、笑い声や夫婦が口論する声が聞かれた。

今日一日、伊佐次は菊之助のいいつけを守り、じっとおとなしくしていた。我慢がならず厠(かわや)に行くときも、長屋の女房らに見つからないように努めた。さいわい訪問客もなかった。ただ、昼過ぎに表から若い男の声がした。

――菊さん、いないんですか。

男は何度か声をかけてから、おかしいな、どこ行っちまったんだと、ぼやきながら離れていった。

伊佐次は米を研いできたはいいが、竈に火をくべるかどうかためらった。米を炊くには火を入れなければならない。火を焚けば、この家に誰かがいるのが外に知れる。昨夜までそんな用心などしなかったのに、菊之助から不審な男たちが訪ねてきたと教えられて以来、心の臓が騒いでならない。

誰が捜しに来たのかわからないが、見つかればただですまないのはわかっている。ここにも長くいることはできないのだろうか……。

研いだ米の入った釜を竈にのせた伊佐次は、居間に腰をおろして、宙の一点を見つめた。

明かりもつけない暗い家だが、目は闇に慣れてきていた。それに、腰高障子越しに射し込む、あわい外の光があった。

荒金さんが帰ってくるまでおとなしくしていよう。

そう決めた伊佐次は、空いた腹をさすりながら、生き別れ状態になっている妻お豊と娘おもとに思いを馳せた。

約束をした永代橋東のたもとには、何度行っても妻と娘は現れなかった。——十日過ぎにはには夜露をしのぐところを見つけておく。だから、十日過ぎたら毎日暮れ六つ（午後六時）にここで待っている。

伊佐次はそういって、妻子と永代橋東のたもとで別れていた。

今ごろどこで何をしているのだろうか。ひょっとして町の誰かに捕まっているのではなかろうか。捕まっているならどうなるんだろうか。もし、そうなら自分だけがこうやってこそこそ隠れているわけにはいかない。

いっそのことお上に申し出て、すべてをつまびらかにしたほうが気が休まるのではなかろうか。

駄目よ、それは駄目——。

お豊の声が頭の奥で聞こえた。

そうなのだ。そのことは何度も話したことであった。もちろん、お上に申し出るべきだというのは夫婦共々わかっていることだった。だがしかし、訴えたとおりに量蔵らが見つからなかった場合、自分たちの話をお上は素直に受け入れてくれないだろう。

被害にあった町のものたちから、たとえ話を聞いたとしても、結果的には自分たちは町のものたちを騙したことになる。恩情を受けられたとしても、それ相当の刑罰を受けなければならないのはわかっている。

いや、もし恩情が受けられなかったならば死罪である。

そう考えただけで、伊佐次は怖気を覚え、ぶるっと体を震わせた。

戸障子の向こうから声がかかったのは、そのときだった。

「菊さん、留守ですか？　次郎ですけど、いないんですか」

伊佐次は息をひそめた。昼間やってきた男と同じ声だった。次郎と聞いて、この長屋に住まう若い箒売りだとわかった。

「なんだ、いないのか……いったいどこ行ってんだろうな……」

次郎はがっかりしたような声を残して離れていった。

その気配がなくなってから、伊佐次はほっと息をついた。まわりには砥石や半挿や水盥などの研ぎ道具がある。丁寧に晒に巻かれた包丁も重ねられている。

菊之助の帰りがあまりにも遅いので、伊佐次はもしや菊之助の身に何か起きたのではないかと心配になってきた。

そのころ、源助店の表に不審な男たちの影があった。

ひとりは編笠（あみがさ）を被っていて顔が見えないが、量蔵とともに伊佐次の大和屋に取り入った半兵衛であった。

「この長屋か」

「へえ」

手下の男が返事をして木戸口を眺め、言葉を足した。

「先日来たときには、そんな男はいないと同じ長屋の野郎がいうんで、間違いだったんだろうと思ったんですがね……」

半兵衛は声をよそに長屋の暗い路地に目を注いだ。各家の戸障子からこぼれるあわい明かりがその路地をかすかに浮きあがらせていた。

月夜の晩であるが、路地に月明かりは届いていなかった。どこかで犬の遠吠えがして、町廻りの「火の用心」という声と拍子木（ひょうしぎ）の音が空にこだましていた。

「ともかく名主の人別帳（にんべつちょう）には伊佐次という男の名があった。請け人は四谷の田村屋喜兵衛となっている。あの伊佐次に間違いないはずだ。家はどこだ？」

「こっちです」

手下が先に路地に入っていった。

半兵衛と他の手下二人がそれにつづいた。

半兵衛は地味な羽織袴(はかま)姿で腰に刀を差していた。

「ここです」

手下が一軒の家の前で立ち止まって声を殺した。

半兵衛はじっと閉まった戸に目を注ぎ、屋内に人の気配がないかを探った。

吹き抜けていく風が小鬢(こびん)のほつれ毛を揺らした。

「……いないようだな」

半兵衛はそうつぶやいて、路地の先に黒い影が立ったのに気づいた。その影はじっとこっちの様子を窺うように見てくる。半兵衛も見返した。

手下らもその視線に気づき、路地の先に立つ黒い影を見た。

「まさか、伊佐次……」

半兵衛が小さく唇を動かしたとき、その影がさっと動いて視界から消えた。

第三章　遁走（とんそう）

一

「おれだ。早く開けろ」

菊之助は声を殺して家のなかにいるはずの伊佐次に呼びかけた。

「荒金さんですか」

「早くしろ」

心張り棒（しんばりぼう）が外れる気配があると、菊之助は急いで三和土（たたき）に入り、すぐに戸を閉めた。

「静かにしていろ」

「どうされました？」

しっと、菊之助は口の前に指を立てた。伊佐次も危機が迫っているのを感じ取ったらしく、薄闇のなかで息を殺した。

菊之助はそこに固まったように立ち、表の足音に耳をすました。男たちの足音を聞き取ることができた。菊之助はゆっくり息を吐いてから、

「おまえはその隅に行ってじっとしていろ」

「なにがあったんです？」

「いいから」

伊佐次が足音を忍ばせて狭い部屋の隅に行き、貝のように口を閉じてうずくまると、菊之助は行灯(あんどん)に火を入れた。部屋のなかが急に明るくなった。そのとき表に男たちの足音が迫ってきた。

菊之助は仕事に使う蒲(がま)の敷物に座って、再び息を殺した。

「この路地に入ったと思ったが……」

「あっちの通りじゃないですか？」

「……わからん。だが、やつだったかもしれぬ」

低声(こごえ)で言葉を交わす男たちは、そのまま路地を抜けていった。

その気配がすっかりなくなるまで、菊之助は身じろぎもせず、かっと目を見開

いたまま正面の壁の一点を凝視していた。

風が戸口をカタカタ揺らした。

「火のよーじん」という間延びした声が遠くから聞こえてきた。

「……行ったようだ」

肩に入っていた力を抜いて、伊佐次を振り返った。

「誰だったんです?」

伊佐次が青ざめた顔を向けてきた。

「わからん。だが、おまえの家を探っていた。町方でないのはたしかだが、ただ者ではないぞ」

「どうすれば……」

伊佐次は声を震わせた。

「ともかく、何とかしなければならん。何か変わったことはなかったか?」

「とくに……長屋の次郎という箒売りが訪ねてきたぐらいです」

「出たのか?」

いいえと、伊佐次は首を振った。

「それでいいだろう。ともかく茶を沸かそう。それから今日あったことを話してやる」

菊之助は湯を沸かしながら、大塚で聞き込んだことと、田村屋喜兵衛に会ってきたことをかいつまんで話した。

「おそらく御番所は騙されたものたちの訴えを聞き入れるだろう。おまえが手配されるのは、もはや刻の問題だ」

「……」

「名乗り出て申し開きをするという手もあるが、おまえを騙した量蔵らが見つからなければ、すべてはおまえの一身に降りかかってくるだろう」

「そ、それは覚悟していることですが……」

「御番所に名乗り出るつもりか……それも悪くはないだろうが……」

「そのことは女房ともよくよく話しました。名乗り出るのは量蔵らを見つけたあとにしようと」

「それが賢明だろう」

「あの、お豊やおもとのことは……」

菊之助は首を横に振った。

「聞くことはできなかった。……ただ、おまえさんたち夫婦に同情しているものもいる。もっとも、騙されていないものたちにかぎられるが……」

菊之助は湯が沸いたので、二人分の茶を淹れて、ひとつを伊佐次に差しだした。

「田村屋の旦那もおまえのことを心配していた。それから、これを預かった」

菊之助は田村屋喜兵衛から預かった財布を伊佐次の前に置いた。

「当面、これでしのげということだ。……喜兵衛さんは、おまえが客から預かった五百両あまりの金を立て替えることも考えたようだが、肩代わりをしても一時しのぎにしかならないだろうし、いずれにしても、おまえは番所の詮議（せんぎ）を受けなければならない。それにいくら田村屋といえど、五百両はあまりにも大金だ。その金がせめてもの気持ちだろう」

「あの旦那は……そこまで……」

伊佐次は唇を嚙んで、くくっと声を漏らし、肩を震わせた。

「おれも喜兵衛の旦那や、町のものたちの話を聞いて、おまえがまんまと騙されたということがよくわかった」

伊佐次は泣き濡れた顔をあげて、救いを求めるように菊之助を見つめた。

「おまえだけでなく、女房や娘のこともある。このままでは死罪は免れぬだろうからな。ともかく、何か手立てを考えよう」

菊之助はそういって、静かに茶を飲んだ。

二

雑司ケ谷をうねりながら流れる弦巻川は、同地北奥にある丸池から流れ出て、法明寺仁王門前から田畑のなかを縫い、音羽町の背後を経て江戸川につながっている。

満天にきらめく星が、およそ九尺幅の川面に映っていた。

雑司ケ谷町の裏にある一軒の古びた屋敷も、弦巻川のそばにあった。

護国寺まで五町（五四五メートル）あまり、もう少し足を延ばせば、富士見坂のある大塚の町屋に出る。そんな近場に量蔵と半兵衛らは住んでいた。

半兵衛がその屋敷に戻ったのは、高砂町の源助店を出てからゆうに一刻（二時間）はたっていた。

結局、伊佐次を見つけることはできなかったが、もはや自分たちの網にかかったも同然だと思っていた。

土間に入ると、

「遅かったじゃないのさ」

お雪が座敷から下りてきて足拭きの水盥(みずだらい)を差しだした。半兵衛はそれにはかまわず、座敷で茶を飲んでいた量蔵に目を向けた。

「伊佐次の居場所はつかんだ。あいにく留守をしていたが、明日にはけじめをつける」

「それはご苦労さんでした。さ、酒の支度はしてありますので、どうぞ」

量蔵は長火鉢の奥からそういって、目を細めた。

「何度も申しますが、わたしゃ放っておけばよいと思うのですがね」

座敷に上がった半兵衛が腰を据えると、量蔵が言葉を足した。

「甘い」

半兵衛は一言吐き捨ててから、ぐい呑みを差しだした。お雪が酌をして、酒をなみなみと注(つ)いだ。

「手荒なことはわたしの性(しょう)に合いませんで……」

「ふん、何をいいやがる」

半兵衛は酒をあおった。伊佐次らに見せたときと違い、厳しい顔をしていた。

鋭い目を連れ歩いていた三人の手下に向け、

「おまえらもゆっくりするんだ。明日も付き合ってもらうからな」

三人の男たちは、「へい」と返事をして、それぞれ手酌で酒を飲みはじめた。

半兵衛が金で雇った男たちだった。いずれもならずもので、脛に傷を持つものばかりだ。袖をめくれば、それぞれの腕に入れ墨が入っている。

「用心が過ぎると、とんだ藪蛇になりかねませんよ」

半兵衛はそういう量蔵をにらむように見た。

鉄瓶の湯気の向こうに人を籠絡する狡猾な顔がある。とんだ狸だと思うが、この男がいるために半兵衛はうまい汁を吸うことができる。

「……どういうことだ？」

「仕事は終えたのです。あとはほとぼりが冷めるのをじっと待てばすむことではございませんか」

「馬鹿をいえ。大和屋の客になったやつらは訴えを出し、御番所からは差し紙が来ているんだ。近いうちにやつらは白洲の上でおれたちのことをしゃべりまくる」

「それはほんとのことで……」

量蔵は持っていた湯呑みを膝におろした。

「護国寺前に行きゃ、その噂はいやでも耳に入ってくる」

「……そうなることは覚悟のうえではありましたが、まずいことになりましたね」

「他人事(ひとごと)みたいなことをいいやがって……やつらが御番所でしゃべくりゃあ、おれたちの人相書が出回り、町方が追いはじめるんだ」

「そうなるでしょうね」

「おまえは伊佐次とあの女房に一切の責任をなすりつけられると、簡単に考えているようだが、そうはうまくいかないぜ」

「それじゃ、あたいの人相書も作られるってことだね」

お雪が隣から口を挟んだ。

「あたりまえだ」

半兵衛は徳利をつかんで酒をつぎ足した。お雪が唇を噛んでいる。

「だから、手を打つんだ」

量蔵は黙り込んだ。半兵衛はさらに言葉を重ねた。

「伊佐次とあの女房の口を塞(ふさ)いでしまえば、おれたちに飛んでくる火の粉(こ)は少なくなる。そうじゃないか……」

「まあ、やつらが捕まってしまえば、わたしらのことが何もかも表沙汰になりますからね」

「すでになりつつあるんだ。だが、伊佐次夫婦の口を封じておけば、おれたちへの追及の手はそれだけ遅くなる。町方が最初に手をつけるのは、まずは夜逃げをした伊佐次とあの女房だ。まあ、おれたちのことも同時に探りはじめるだろうが、町方の手が足りねえのはこちとら先刻承知の助だ」

「わたしゃ、かまわずにさっさと江戸を離れるのが無難だと思いますが……」

「それはおれの仕事が終わってからだ。それまでは江戸を出るわけにはいかねえ。何遍いやあわかるんだ」

　この糞狸がと、半兵衛は胸の内で悪態をついて、酒をあおった。

「それにしても、どうやって伊佐次の居所を……」

　訊ねるのはお雪だ。行灯の明かりを受けたその顔は、仄かな桃色をしている。顔の造作はともかく、じつに肌のきれいな女だ。

　半兵衛は量蔵に初めてお雪と引き合わせられたとき、その肌の肌理細かさに息を呑んだほどである。着物に包まれたその肌も拝んでみたいが、その辺はぐっと我慢していた。自分たちの懐を潤わせてくれると思えば、男の欲求は他で吐き出すしかない。

それに、口達者で人をいともたやすく信用させる量蔵の才覚もなければ、半兵衛自身うまい汁は吸えない。そのことがよくわかっているから、半兵衛は二人にあまり強く出ることができない。

「こいつが聞き込んだんだ。まさかおれの顔を、あの町でさらすわけにはいかぬからな」

半兵衛はぐい呑みの酒を半分ほど飲みほしてから、手下につけた卯三郎を見た。伝馬町の牢に何度も出入りしている枕探し専門の男だった。枕探しとは、旅籠の泊まり客が寝ている隙に、枕もとの荷や夜具の下に隠してある金品を盗むことをいう。

卯三郎はみそっ歯を見せて、お雪に肩をすくめた。

「大塚に〈丸字屋〉って店があるんだ。そこの手代が、偶然高砂町で伊佐次を見かけたって話を聞いてな。それで探っていたら、わかったんだ」

静かに酒を飲んでいた卯三郎は自慢げに人差し指で、ぐすっと鼻をこすった。

「それでほんとに、そこに伊佐次が……」

「名主に頼んで、人別帳をたしかめさせもしたんだ。間違いない。そうだな」

「へへ、間違いないですよ」

卯三郎が答える。この男が半兵衛の指図で動いたのだ。

「でも、いなかったんじゃないのかい。さっきそんなこといったじゃない」

「ただ、留守をしているだけだろ。もしとんずらしたとしても、田村屋喜兵衛を締めあげりゃ居所はつかめるさ」

「田村屋、喜兵衛……伊佐次が奉公していた店の主だね」

量蔵だった。

「そうさ、その喜兵衛が伊佐次の請け人になっていた。だから、あの伊佐次に違いないってことだ」

「なるほど……しかし、半兵衛さん。伊佐次の口を封じるとしても、うまくやらなければなりませんよ」

「いわれずともわかっている」

半兵衛は残りの酒をあおった。

三

いつまでも伊佐次を自分の家に置いておくわけにはいかなかった。

その朝、菊之助は伊佐次と向かい合い、飯を食いながらそのことを口にした。

「それはわたしも考えているところでした。しかし……」

伊佐次は茶碗を置いて、暗い顔でうつむく。

「昨夜のやつらが今日もやってくるかもしれん。どんな連中かわからないが、今は捕まるわけにはいかないだろう」

「そうですね」

「いいから飯を食え」

そういってやっても伊佐次の食は進まなかった。

「ともかく、おまえはしばらく身を隠しておくべきだ」

「あの家はどうしましょう？」

伊佐次は眉をたれ下げて情けない顔をする。

「しばらくはそのままにしておけ。すべてがうまく収まったなら、女房子供を迎える家もいるはずだ」

「そのことも気にかかっております。いったいわたしの女房と娘は……」

伊佐次は途中で口をつぐみ、はあと、深いため息をついた。

飯を食い終えた菊之助は、朝日の当たっている腰高障子に目を向けた。表には朝の喧噪がある。

「そいじゃ、行ってくらァ」

と、どこかの亭主が声を張れば、送り出す女房が、

「寄り道なんかせずまっすぐ帰ってくるんだよ」

と、苦言を呈していた。

「今日も下手に動かないほうがいい。おまえはここにいろ。何かと不便だろうから、今日は手伝いをここに残そう」

「手伝い？」

「昨日訪ねてきた次郎だ。あいつはおれのいうことならなんでも聞く。若いが口も堅いから心配するな」

そういった菊之助は、家を出て次郎を訪ねた。

次郎はちょうど商売の箒籠を持って戸を閉めようとしているところだった。声

をかけると、小生意気そうな顔がこっちを向いて、とたんに笑みを浮かべた。

「昨日うちに来たそうだな。何か用事でもあったのか？」

「へえ、横山の旦那に捜してくれといわれまして……あれ？　でもなんで知ってんです？」

「おれは千里眼だ。なんでもわかる。で、秀蔵は急いでいるふうだったか？」

「急いでいるかどうかわかりませんが、話があるようです」

「そうか。ま、それはいいだろう。それより話がある。こっちに来な」

菊之助は女房連中の目と耳を気にして、近くの空き地まで行った。

「ちょいと込み入ったことがあってな。今日一日仕事を休んで、おれの家で留守番をしてくれないか」

「おいらが留守番を……いったいどうしてです？」

菊之助はざっと話をした。

「それじゃ、変なやつらが来たらどうします？」

「居留守を使えばいい。それに連中の目当ては伊佐次だ。おれの家には来ないだろう」

「それにしても、菊さんは人がいいな。でも、大丈夫なんですか？」

「一応やつのことは調べてみた。いっていることに嘘はないはずだ。ともかく頼む」

「それじゃ、今日は菊さんの家で暇をつぶすことにしましょう」

「厠にも行きたくなるだろうが、そのときも長屋の連中に見られないようにしてやれ。おれの客も来るかもしれんが、そのときも伊佐次の顔を見せないように頼むぞ」

「わかりやした」

菊之助はその朝、愛刀の藤源次助眞（ふじげんじすけざね）、二尺三寸九分（約七二センチ）を腰に帯びて長屋を出た。これは亡父から譲り受けた大事な一振り（ひとふり）だった。

滅多に刀を差すことはないが、すでに長屋のものたちは、菊之助が浪人に墜ち（お）て研ぎ師になっていることをぼんやり知っているので、めずらしがることはなかった。もっとも越してきた当時、そんなことはおくびにも出さなかったのだが、噂好きの女房連中が家主からそれとなく聞き出してばれてしまったのだ。

そして、菊之助がこれから向かうのが、その家主の源助宅だった。

家主は往々にして同じ町に住むものだが、源助はすぐそばの住吉町（すみよしちょう）に住まっていた。こちらも長屋住まいであるが、間口二間半、奥行き五間半の家で、二階もある。ただし二階にあがるには、階段ではなく梯子段を使わなければならない。六十過ぎの老体でよくもあの急な梯子を上り下りできるものだと、菊之助は店賃を払いに来るたびに感心している。梯子は天井にぽっかり空いた二尺四方の穴に突き入れられていた。

「これは荒金さん、今日は朝早くからまたまた店賃をお持ちですか」

半分冗談交じりにいって迎え入れた源助は、火鉢に炭を足しているところだった。パチパチといって爆ぜた火の粉が、小さく舞った。

「店賃は払ったばかりでしょうに」

「はは、そうでしたな。でも荒金さんは几帳面な方だから、先払いをしてくれるのかと思いましてな」

冗談の好きな源助は、梅干しみたいなしわ深い顔をしている。目も口も鼻も大きいが、本人はあそこも大きいと、大口を開けて自分で笑ったりする、憎めない年寄りだ。

「今月分はちゃんと月末にお持ちしますよ」

「そりゃ、よろしく頼みます。それじゃ今日は何用で?」

源助は現金なものいいをして、煙管に煙草を詰めはじめる。

「南側筋に、伊佐次って男が越してきてますね」

「ふむふむ」

源助は煙草の刻みを詰めるのに余念がない。

「あの男のことで誰か訪ねてきたものがおりませんか？」

「ふむ、昨日訪ねてきたのがおりますよ」

「昨日……」

「なんでも親戚のものらしくて、捜しているそうなんです。人違いだといけないので、人別帳があったら見せてくれないかといわれましてね」

源助はまだ刻みを詰めつづけていた。

「それで……」

「親戚だっていうから名主から預かっていたのを見せてやりましたよ。すると間違いないだろうから、これから会いに行ってくるといっておりました」

「どんな男でした？」

「どんな男って、あまり見栄えのしない男でしたね。みそっ歯で色が黒かったかな」

そういって源助は煙管に火をつけ、うまそうに吹かした。

菊之助は、連中はここで伊佐次のことを嗅ぎつけたのだと確信した。

人別帳には、店子の生国、職業、同居人の名と年齢が記されているほかに、親類縁者のことも書いてある。この他に「出人別帳」と「入人別帳」というものもあり、長屋に出入りした人間のことがわかるようになっていた。

とはいっても、これを几帳面に記している名主は少なく、また人別帳記載も厳密に行われてはいなかった。

「それが何か悪さでもしましたか？」

考え事をしていた菊之助は源助の声で我に返った。

「ちょいと気になることがあったので。いや、朝からお邪魔しました」

「いやいや、気にすることありませんよ。お茶も出さずに失礼しましたね」

源助はあまり細かいことに頓着しないから、菊之助をのんきに送り出した。

澄み渡った秋の空には白い雲がぽっかり浮かんでいる。

一本差しの浪人のなりで歩く菊之助の足は、八丁堀に向かっていた。いつも頼み事をされる側だが、今回ばかりはこちらから相談を持ちかけることになる。気乗りしないが、他に手立ては見つからない。

「菊さん」

　そんな声がかかったのは、江戸橋を渡り材木河岸に差しかかったあたりだった。立ち止まって声のほうを見ると、なんとお志津である。

「これは思いもよらぬところで……」

「菊さんこそ、どうされたんですか？」

　お志津は近寄ってきて腰の刀に視線を向けた。何か用足しに行ったらしく手に風呂敷包みを持っていた。

「ちょっと野暮用がありましてね。これは見せかけの代物です。なにせ会いに行くのが堅苦しいお武家でして……」

　菊之助はごまかすように愛刀の柄をたたき、照れ笑いを浮かべた。

「それよりお志津さんこそ、どちらへ？」

「わたしは手習いに使う紙と筆を仕入れに行ったところです。この先の小間物屋に安いのがありますの」

　お志津はちょっとだけ後ろを振り返ってからそういった。ほんの束の間のことだったが、白いうなじが日の光にまぶしく見えた。

「お志津さんも何かと忙しいですね」

「そうでもありませんわ。また、近いうちにどこかに連れて行ってくださいませんか。たまにはおいしいものをいただきたいのです」

「そういうことでしたら、いつでも遠慮なく」

「それじゃ、ほんとに近いうちにそうしましょう」

お志津は嬉しそうに小鼻の脇をふくらませ、それじゃここでと軽く頭を下げて行ってしまった。お志津の後ろ姿が下駄音と共に遠のいていった。

着物の裾にちらちらのぞく白い足を見ながら、菊之助は伊佐次をお志津に預けたらどうだろうかと考えたが、すぐにその考えを打ち消した。お志津の家には人の出入りが多いし、それに独り暮らしの女の家に大の男を預けるのはいただけない。また、無頼の輩にお志津の家を襲われでもしたら目も当てられない。

駄目だ駄目だと胸の内でつぶやき、八丁堀に足を向けたが、お志津に会ったことで気持ちが浮わついていた。近いうちにおいしいものを食いに行きたいといった。つまり、おれはお志津さんに誘われたのだと思うと、だらしなくも頬がゆるんでしまった。

心ここにあらずの面持ちで歩いていると、また声をかけられた。今度は男だった。

「何をしまりのない顔で歩いてやがる」

立ち止まると、海賊(かいぞく)橋を渡ったところに手先の五郎七を連れた秀蔵の姿があった。秀蔵の目が、楓川(もみじがわ)の照り返しを受けてきらりと光った。

「秀蔵か……ちょうど訪ねるところだったんだ」

「それは具合がよかった。それにしても、おめえもあの雲と同じだ」

秀蔵は空をゆっくり流れる雲に顎をしゃくった。菊之助もつられて空を見あげた。

「どういうことだ？」

「ふわふわ出歩いているからだ。大事なときにいねえで……」

「それはこっちの勝手だ。おれにだっていろいろ用事がある」

「ふん、ふわふわ侍が。ま、いい。ついて来な。話があるんだ」

「何がふわふわ侍だ。まったくおまえというやつは……」

言葉を返す菊之助を無視して秀蔵は先に歩きだした。

四

秀蔵は日本橋に近い通(とおり)一丁目の団子屋に入った。

「それで、おれを捜していたそうだな。次郎から聞いたが……」

菊之助は女中の持ってきた茶を一吹きして飲んだ。

「この前、ちょいとおまえの耳に入れたことだがな」

秀蔵は団子を口に入れ、唇についた餡を指先でぬぐい取ってなめた。

「ひょっとして……」

菊之助はおそらく伊佐次の件ではないかと察し、まわりを見た。そばに五郎七が控えているぐらいで、客は少なかった。

「ひょっとして、なんだ？」

「大塚の商人が金を持ち逃げしたって話じゃあるまいな」

秀蔵の流麗な眉が動いた。

「なぜ、そうだとわかる。おまえに話があるのはその件だ。もう耳に入っていたか」

「ひょんなことから知ることになってな」

「そりゃ話が早くていい。じつは吟味方与力から下調べをしろといわれているんだ。金を持ち逃げされたものたちから訴えが出ているのだが、何しろ騙されたものたちの金を合わせると五百両は下らない」

「それで、もう差し紙も出ている」

秀蔵は目を見開いて、驚いた。

「なぜ知っている」

「だからいっただろ、ひょんなことで知ったと」

「どんなことだ……？」

菊之助はもう一度まわりを気にし、五郎七を見た。

「五郎七、悪いが外してくれないか」

いわれた五郎七が秀蔵を見ると、秀蔵が顎をしゃくった。

「……それで」

「じつは、その金を持ち逃げしたと思われている男を知っているんだ」

菊之助は五郎七が表に出てから口を開いた。

「なんだと」

「知っているというと語弊がある。おれの家にかくまっている」

さらに秀蔵の顔に驚きが走った。

菊之助は伊佐次をかくまうまでの経緯を話した。

黙って話を聞く秀蔵は、ときにうなり、ときに腕を組み、そして茶を飲んだ。

表は人通りが多く、武士や町人がひっきりなしに往き来している。行李を担いだ行商人もいれば、徒党を組んで歩く江戸詰めの勤番侍もいるし、番頭とおぼしき男のあとをついていく小僧もいる。はたまた子供たちが駆けていけば、芝居でも観に行くのかめかし込んだ娘たちの姿もあった。

「……女房と娘の行方も知れないが、風体の悪いやつらが伊佐次を捜してもいる。放っておけばやつの身が危ない。だからおれの家にかくまうことになった」

ひととおりのことを話した菊之助は、ぬるくなった茶を喉に流し込んだ。秀蔵は黙り込んだまま、遠くに視線を向けていた。

「そこで、おまえに相談がある」

秀蔵の顔がゆっくり菊之助に振り向けられた。

「なんだ？」

「伊佐次夫婦が量蔵という男らに騙されたのは明白だ。だが、その量蔵らが見つからなければ、伊佐次の弁解も通用しないだろう」

「……」

「伊佐次や女房のお豊に落ち度があったのは否めないが、それでも二人は町のものを騙そうとしたわけではない。騙したのは量蔵と半兵衛、そしてお雪という女だ」

「それはそうだろうが……」

秀蔵はいつになく深刻な顔つきだった。指先で眉間をもみ、小さくうなる。

「おれはやつの身の潔白を明らかにしてやりたい。そこで、おまえに相談だ」

「待て」

秀蔵は手をあげて制した。

「おまえの話はわかった。だが、おれは役目上、聞ける話と聞けない話がある。それに訴えの出ているその件について、吟味方から指図を受けている。訴えを吟味するにあたっての真偽を調べろとな」

「だったら手っ取り早いではないか」

「そうはいかぬ。咎人になるような男がどこにいるか知っておきながら、見て見ぬふりはできぬ」

「なぜだ」

「いずれ訴えは受け入れられる。そうなれば、その伊佐次の身柄を押さえなければならぬ。そうだろう……」

菊之助は真顔の秀蔵を見つめた。

「もし、その量蔵と仲間が見つからなければ、おまえが案じているように伊佐次が重い刑罰を受けるのは免れぬだろう」

菊之助は黙り込んだ。

「おまえの気持ちはわかるが、相談には乗れぬ」

「乗ったらおまえの首が飛ぶか……」

秀蔵はまっすぐな菊之助の視線を受けて、飛ぶだろうなと、しばらくしてつぶやいた。

「ともかく、おまえからは何も聞かなかったことにする。おれのこの耳で、騙されたやつらの話を聞くまでだ」

秀蔵は腰をあげた。

「町のものたちの呼び出しはいつだ?」

「明日だ。吟味方がおれに指図をしている以上、御番所は動くはずだ。何しろ五百両という大金だ。訴えを聞かないわけにはいかぬだろう」

菊之助は無表情のまま秀蔵を見た。

吟味方は民事事件の審理や調停、刑事事件の審査と最終執行に関する事務を扱っており、町奉行所が各事件を詮議するうえで重要な役目を司(つかさど)っていた。

「手を貸してはくれないのか……」

「今はできぬ」

秀蔵はさっと背を向け、暖簾(のれん)を撥(は)ねあげて表に出ると、待たせていた五郎七を連れて日本橋のほうに歩いていった。その姿がすっかり見えなくなると、菊之助は落胆のため息をついて、足許に視線を落とした。

五

半兵衛は葺屋町(ふきやちょう)の芝居茶屋で暇をつぶしていた。

目の前にある酒を惜しむように飲み、ときおり表に目をやっていた。すぐそばに江戸三座のひとつ市村座(いちむらざ)があり、その先の堺町(さかいちょう)には中村座(なかむらざ)がある。店にはひっきりなしに客が入ってきては出てゆく。

芝居見物客が多いが、この芝居町の雰囲気を味わうためにやってくる者も少なくないようだ。あでやかに着飾った女がいれば、金持ちふうの男もいる。客寄せのお囃子(はやし)が芝居小屋のほうから聞こえてくる。華やいでいる通りでも呼び込みの声がひっきりなしだ。それだけ人が多いから、半兵衛は目立たないはずだった。

飴屋が太鼓をたたきながら店先を過ぎ去っていった。伊佐次を捜しにいっている卯三郎と紋造が戻ってきたのは、それからしばらくしてからだった。

「どうだった」

半兵衛は声を低めて二人に聞いた。

「昨日の朝から姿が見えないっていいます」

卯三郎が顔をよせてささやくようにいう。

「それじゃ、昨日から帰ってきてねえってことか……」

「……のようです」

「どこに行ったか知っているものは？」

卯三郎と紋造は同時に首を振った。

半兵衛はゆっくりと盃をほした。

昨夜、見かけた黒い影があった。あれが伊佐次だったかもしれない。身の危険を感じて逃げたか？　だったらどこへ……。

半兵衛は三白眼を「ぜんざい六文」と書いてある店の品書に向けた。

「やつには行くとこはないはずだ。いずれ戻ってくるだろう。長屋の近くで張り込むことにするか」

「……戻らなかったらどうします?」

半兵衛は卯三郎の問いには答えずに店を出た。

表は人の波だった。まるで縁日のようなにぎわいである。人だかりの激しい市村座の前を避け、横の道に入って人形町通りに出た。それでも芝居町の喧噪が耳に残っていた。

町はそろそろたそがれつつある。日の光も弱くなっているので、町屋の上に広がる空も明度を落としていた。日が暮れるのをいやがっているのか、それとも単に獲物を探しているのか、空に舞う鳶が声を降らしていた。

「長屋にはもう近づかなくていい。おまえたちの顔をこれ以上裏店の連中にさらすと、あとあと面倒だ」

半兵衛は源助店の近くに来て、卯三郎と紋造に釘を刺した。

「それじゃ、どうします」

「木戸口の見えるところに控えてりゃいい」

半兵衛はそういって、卯三郎を長屋の裏に、紋造をそばの稲荷社の石段に座らせ、自分は浜町堀に近い茶店に寄り、目立たないように葦簀の陰に身を寄せた。

日が翳りはじめると、出職の職人たちがどこからともなく帰ってきて、長屋の路地に入っていくようになった。

つけぎぃー、えー、つけぎぃ、つけぎぃー……。

夕餉の支度刻を狙った付け木売りが、天秤棒を担いで路地を練り歩いている。

焚きつけ用の付け木は江戸市民に重宝されていた。

七つ半（午後五時）を過ぎると、日の翳りが早くなった。

町屋の路地に、霧のような煙が立ち込めてゆく。町のものが竈に火を入れたり、表に七輪を出して魚を焼いたりするからだ。

肝心の伊佐次が帰ってくる気配はなかった。半兵衛は長屋の裏にまわって、卯三郎のもとに行ったが、

「やつの家に入ったものはいませんね」

と、卯三郎は首を振る。

半兵衛は星の浮かぶ空を見あげた。

伊佐次は帰ってこないような気がする。こういったときの勘は当たるものだ。

「どうします？」

聞かれた半兵衛は卯三郎を促し、紋造のところに行き、引きあげるといった。

あきらめるんですかと、紋造が聞く。

「そうじゃねえ。やつはおそらくどこかに雲隠れしたんだ。おれたちに気づいたのかもしれねえ。だったら、こんなところに張りついていても無駄ってもんだ」

半兵衛は歩きだした。

通りにある軒行灯や提灯に火が入れられていた。

「それじゃ、どうするんです?」

紋造が首を伸ばすようにして聞いてきた。

「やつが頼るのは請け人になった田村屋喜兵衛だろう。やつが長年奉公していた店の主だ。大塚界隈に、やつを助るものがいるとは思えねえ」

「それじゃこれから、その田村屋に……」

「うむ」

半兵衛の目は通りのずっと先にある提灯の明かりを映していた。

そのころ、量蔵とお雪は雑司ヶ谷の例の家でくつろいでいた。

猫足膳にはお雪が近くの店で仕入れてきた惣菜がのっていた。量蔵の差し出す盃に、お雪がちろりで酌をする。

「わたしゃ余計なことだと思うんですけどね」

お雪はさっきから半兵衛の考えは違うのではないかといいつづけている。

量蔵は黙ってお雪を眺めた。肌理の細かいきれいな肌が、燭台の炎に照らされ桜色になっていた。

「そう思いませんか」

「無駄だろう。あの男はやるといったらやるんだ。止められやしない」

「でもねえ……」

お雪はふうとため息をついて、隣座敷でいびきをかいて寝ている又八という男を見た。半兵衛が連れてきた男だ。酒に弱いらしく、二合も飲ませるとひっくり返って寝込んでしまった。

「こうなったら好きなようにやらせるしかないだろう」

量蔵は煮豆を箸でつまんで口に入れた。

「もし伊佐次を殺しちまったら、町方はあたしらの仕業だと思いますよ。金のことで揉めて殺しちまったんだろうって……あたしだってそう思うぐらいなんだから、町方だってそう考えるでしょうに」

「あの男はそれを承知でやっているんだよ」

「それじゃ、ただの馬鹿じゃありませんか」

理はある」

「わたしもそう思うけど、止められやしないさ。それに半兵衛さんの考えにも一理はある」

　お雪はきょとんとした顔を向けてきた。

「伊佐次を生かしておけば、わたしらを捜しまわるのは目に見えている。それに、もし町方に捕まったら、あの男はわたしらのことを詳しく話す。そうなると、また面倒だ」

「……半兵衛さんもそういってましたけどね」

「どっちにしろ、わたしらのことは町方に知れるんだ。そうじゃないかい？」

　量蔵は福々しい顔に笑みを浮かべた。

「だったら、とっとと江戸を離れたがいいじゃありませんか。何も危ないところにいることはないでしょうに」

「そうなんだけどねえ……」

　量蔵は揺れる燭台の炎を凝視した。

　お雪のいい分はもっともなのだが、半兵衛の言葉が気になっている。いや、だから江戸を離れずにここにとどまりつづけているのだ。

　――江戸を離れるのはもう一仕事してからだ。それで腐るほどの金が手に入るんだ。

半兵衛はそういった。つい先日のことだ。

詳しい話をせがんでみたが、半兵衛はそれはあとだと口を閉じてしまった。

腐るほどの金……いったいどこにそれがあり、どうやって手に入れようとしているのかわからない。ひょっとするとはったりかもしれないが、聞き流すこともできない。

「ともかく、様子を見ようじゃないか……さあ、お飲みよ」

量蔵は笑みを浮かべたままお雪に酌をしてやった。

六

菊之助はどう話をするか考えていたが、結局は正直にすべてのことを伊佐次に打ち明けた。覚悟はしていたらしく、伊佐次は表情ひとつ変えなかったが、それでも落ち着かない様子だ。

「ともかくおまえさんは外を出歩かないことだ」

「でも、その町方の旦那は、わたしがどこにいるかをご存知なんでございますね」

「そうだ。逃げ場はない」

伊佐次はがっくりと首をうなだれ、膝許の畳を指先でいじった。

今日一日、伊佐次といっしょに留守を預かっていた次郎が、菊之助に顔を向けた。

「菊さん、どうするんです。横山の旦那が動きはじめたら、おいらだって嘘はつけなくなりますよ」

「……わかっている」

そういった菊之助の頭はまだまとまっていなかった。

ジジッと、燭台の蠟燭が鳴って終わりを告げていた。菊之助は短くなった蠟燭を新しいものに替えた。一瞬暗くなった家のなかがまた明るくなった。

「……町のものたちが呼び出されるのは明日だ。秀蔵の話からすると、訴えが聞き入れられ、捕り方が放たれるのは間違いない」

「それじゃ明日には……」

次郎は口をつぐんで、青ざめている伊佐次に哀れみのこもった目を向けた。

「わたしはまだ捕まりたくはありません」

伊佐次がさっと顔をあげて、両手をついた。

「捕まるなら一目女房と子供に会ってからにしとうございます。それがかなったら御番所に申し出る覚悟です。わたしが至らなかったばかりにこうなってしまったのですから……それでも女房と娘には会いとうございます」

伊佐次は目に涙を浮かべた。

「気持ちは痛いほどわかる」

「菊さん……」

次郎も何か訴えるような目で菊之助を見た。

「おいらは今日、伊佐次さんからとっくりと話を聞きました。何とか力になってやりたいんですが、どうすりゃいいんです?」

「それは……」

菊之助は口をつぐんだ。秀蔵に話したのは失敗だったかと、ほぞを嚙む思いだ。だが、このまま伊佐次を放っておくわけにはいかない。

「どうすりゃいいんです。明日、御番所で訴えが聞き入れられたら、もう逃げ場はないんですよ。せめて明日までに伊佐次さんのおかみさんと娘に会わせてやることはできないんですか」

「そうしてやりたいが、その術がないんだ」

菊之助は壁に張りついている一匹の蛾を見た。

家のなかに重苦しい沈黙が下りた。

近所の家から赤子の泣く声が聞こえる。

菊之助は伊佐次をかくまうところを考えた。もはやこの家は無理だ。そして、この長屋も危険すぎる。

「伊佐次、おまえの面倒を見てくれるところがどこかにないか？」

ずいぶんたってから菊之助は沈黙を破った。

伊佐次はしばらく視線をさまよわせていたが、弱々しくかぶりを振った。だが、すぐに田村屋の旦那様なら、と口にした。

菊之助は田村屋喜兵衛の顔を思いだした。

「あの主なら力になってくれるだろう。だが、おまえが手配されれば、田村屋に聞き込みがいくのは明らかだ。そうなったとき、田村屋に迷惑がかかるかもしれない」

「それはどこだって同じじゃないですか」

横から次郎が意見する。

「伊佐次と何の縁もない人間がいいと思うんだ。町方はまず関係のある人間からあたっていくからな」

「あの、明日になれば荒金さんと次郎さんはどうされるおつもりです？」

伊佐次のか弱い目が菊之助と次郎を往き来した。

「……町方の旦那衆が動きはじめると、その横山さんという方が真っ先にここにやってこられるのではありませんか」

「それはわからん」

菊之助は否定した。秀蔵はしばらく放っておくはずだ。

「もし、わたしのことを隠せば、荒金さんにも次郎さんにもご迷惑がかかることになります」

「そんなことは百も承知だよ」

次郎が声を張った。

「わたしは、このままどこかにいなくなったほうがいいのではありませんか……」

「どこ行くってんだよ。行き場がないからここにいるんじゃねえか」

「………」

次郎にいわれた伊佐次は黙り込んだ。だが、このとき次郎が何かに思い当たったように目を瞠った。

「菊さん、おいらの家はどうです」

菊之助は次郎を見た。

「おいらの実家にしばらく伊佐次さんを置くのがいいかもしれない。だって、おいらと伊佐次さんは何にも関係がない。まして、おいらの家とはさらにありません」

菊之助も妙案だと思った。

「だが、実家には何という」

「ちょいとわけありだから、置いてくれって……なにおいらが話せば、おとっつぁんもおっかさんも承知してくれますよ。それに家には使ってない部屋があるんです」

「頼めるか」

菊之助は次郎に膝を向けて聞いた。

「大丈夫ですよ」

「よし、そうしてもらおうか。伊佐次、そういうことだ。次郎の実家にしばらく隠れていろ」

「でも、ご実家には何と申されます？　わたしのことを話せば、断られるのではありませんか」

「正直なことはいいやしないよ。その辺は適当にごまかしておけばいいんだ。それに、もしほんとのことを教えたら、万が一ってときにおいらの家にも迷惑をかけることになる。なに、まかしておけって」

次郎は自信ありげに顔を輝かせた。

「よし、そうと決まれば早速頼んでみよう」

菊之助も同意した。

三人が源助店を出たのはそれからすぐのことだった。

次郎の実家は本所尾上町にある瀬戸物屋で、備前屋（びぜんや）という問屋だった。大きくはないが、通いの奉公人もいた。

三人は提灯も提げず、月明かりを頼りに両国橋を渡っていった。伊佐次を捜しているらしい男たちのことを考え、菊之助は腰に刀を差していた。

橋の下を流れる大川に映り込む月が、おぼろげに揺れていた。

菊之助は何度か後ろを振り返ったが、追ってくるような不審な影はなかった。

「明日からおまえの女房と娘を捜そう」

「おいらも手伝います」

伊佐次は立ち止まって、菊之助と次郎に深々と頭を下げた。

「何から何までお世話になります。このご恩は決して忘れません」

「気にすることはない。さあ橋を渡ったらすぐだ」

菊之助は伊佐次の背中をやさしくたたいた。

七

半兵衛は六つ半（午前七時）過ぎには、雑司ヶ谷の家を出た。付近の林や森の木々は赤や黄色に色づいている。そんな木立のなかで鳥たちがかしましく鳴いていた。

「今日こそは伊佐次の野郎をとっ捕まえる」

半兵衛は気負い込んでいた。もう何日も無駄にしているのだ。これ以上伊佐次のことで振りまわされるのは癪(しゃく)だった。

早足で歩くので、ついてくる卯三郎と紋造は、ときどき小走りになっていた。

「それにしても半兵衛さん、田村屋の主をどうやって締めあげるんです？」

卯三郎が横に並んで聞く。

「脅せばすむことだ」

「こんな明るいうちにですか？」

「人を脅すのは夜だけとは決まっておらん」

半兵衛の無粋なものいいに、卯三郎は首をすくめて口をつぐんだ。

雑司ヶ谷を出た三人は、音羽から牛込、市ヶ谷と抜けて四谷に辿り着いた。すでに朝五つ（午前八時）は過ぎており、どの商家も店を開け、暖簾をあげていた。

田村屋も当然店を開けており、ちょうど表戸の前に奉公人が水打ちを終え、店のなかに入っていくところだった。

半兵衛は店の近くで立ち止まると、さてどうするかと顎の無精髭をさすった。

「店に押し入るんですか？」

「馬鹿をいえ」

半兵衛は卯三郎をひとにらみして、近くの茶屋を探した。数軒先に具合よくあったので、その店の縁台に腰を据える。脇に立てられた幟が風にそよいでいる。

三人分の茶をもらい、田村屋に目を注ぐ。まずは喜兵衛の顔を見なければならない。

だが、その手間は省けた。主風情の男が暖簾をくぐって店先に現れ、空を見あげたのだ。そして、すぐあとから店の若い女が出てきて、風呂敷包みを男に手渡した。

「それじゃ旦那様、行ってらっしゃいませ」

と、頭を下げる。

半兵衛の目が光った。

あの男が田村屋喜兵衛なのだ。柿渋の羽織に梅幸茶の小袖を粋に着こなしている喜兵衛は、風呂敷包みを大事そうに胸に抱え、四谷御門前で右の通りに入った。顔を合わせる町のものと挨拶を交わし、魚屋の棒手振を呼び止め、短いやり取りをしてゆく。

風呂敷包みは、得意先にでも届けに行く店の品だろう。

喜兵衛はつぎの大きな辻で左に折れ、大通りに出た。四谷大道という通りで、この道は甲州街道と青梅街道につながっている。

往還は広く、人馬の他に牛に引かせた荷車も目についた。

喜兵衛が訪ねたのは四谷伝馬町の自身番だった。隣に駕籠屋があり、駕籠かき人足が地面に尻をおろし、暇をつぶしながら煙管を吹かしていた。

あとを尾けた半兵衛は、いやなところを訪ねやがると胸の内でぼやき、しばらく様子を見た。戸は開け放してあり、喜兵衛は戸口の先で自身番に詰めているものとやり取りをしていた。だが、それも長くはなく、ヘイコラと何度か頭を下げて表に出てくると、空になった風呂敷を丁寧にたたんで懐に入れ、来た道を後戻りする。

「おれが声をかけるまで慌てるな」

半兵衛は卯三郎と紋造に指図すると、足を速めた。

来る途中に御先手組の大縄地があり、そこに空き地があるのがわかっていた。喜兵衛をそこへ誘い込もうと考えた。

大縄地とは、下級武士に一括して与えられた土地のことで、御先手組とは、いざ戦となると将軍の先鋒となる部隊であるが、泰平な世の中がつづいているので放火や盗賊の警戒に当たる程度であった。

半兵衛が喜兵衛に追いついて声をかけたのは、その大縄地の手前にある武家屋敷の門前だった。

田村屋の旦那、と声をかけると喜兵衛が振り返った。

「はて、どなた様でございましたか？」

そう訊ねてきた喜兵衛の目が、背後にまわった卯三郎と紋造を見た。すぐさま警戒の顔色になり、表情が硬くなった。

「やはり、田村屋喜兵衛だな」

「そうでございますが、何か御用で」

言葉はやわらかいが、喜兵衛は警戒の色を強めた。

「すぐすむから顔を貸してくれ。なに、二、三訊ねたいことがあるだけだ」

「何でございましょう？」

「いいからこっちへ」

半兵衛が顎をしゃくると、卯三郎が喜兵衛の背中を乱暴に押しやった。

しばらく行ったところに雑草が生えているだけの空き地があった。二方は開けているが、残り二方は家の壁になっていた。半兵衛は通りからちょうど死角になるところに、喜兵衛を連れ込んで振り返った。

「正直に答えてくれりゃ、何もしない」

「いったいどんなことで……」

喜兵衛から落ち着きが消えている。その後ろには、逃げられないように卯三郎と紋造が控えていた。

「大和屋って店の伊佐次を知っているな」

「は、はい、存じておりますが……」

「やつの長屋の請け人になっているな。高砂町の裏店のことだ」

喜兵衛は目を泳がせた。何かを必死に思案しているようだ。

「……なっておりますが、何か問題でもございますか」

「おれたちゃあ、どうしてもやつに会わなきゃならない。だが、やつはあの長屋に帰っていねえ。……やつの居場所を知らないか?」

半兵衛は蛇のように冷たい目で、喜兵衛を見据えた。喜兵衛が喉仏(のどぼとけ)を動かして生つばを呑むのがわかった。

「わたしはそんなことは存じておりません」

「やつがこの世で一番頼りにしているのはあんただ。何か知らせがあったんじゃないのか」

「そんなことは何もありませんが、あの男にいったいどんな御用があるんです」

「知っていて白(しら)を切るんだったら、身のためにならないぜ」

「そうおっしゃっても、何も存じておりませんので」

「ほんとうだろうな？」

半兵衛は喜兵衛の襟をつかんで引き寄せた。喜兵衛の額に脂汗が浮かんだ。

「ら、乱暴はよしてください」

「どうなんだ。知っているんじゃないのか？」

喜兵衛は顔色をなくして首を振った。

「ほんとだな」

「ほんとに何も知らないのです。手を放してください」

半兵衛はじっと喜兵衛の目を見ながら、頭に血が上るのを感じた。無性に腹立たしくもなった。このところ無駄骨ばかり折っている。

「嘘じゃないな」

「知らないものを知っているとは申せません」

半兵衛はどんと喜兵衛を突き放した。その勢いのまま喜兵衛は地面に尻餅をつき、後ろ手をついた。近くの屋根でカアと鴉が鳴いた。

「おれたちの顔を忘れるんだ。いいな」

見下ろしていうと、喜兵衛は顔を震わせてうなずいた。

「……行け」

喜兵衛はおそるおそる立ちあがって背を向けた。今にも悲鳴をあげて駆けだしそうに思えた。

「喜兵衛の旦那」

半兵衛が声をかけると、喜兵衛の肩がビクッと動いて、おずおずとこっちに顔を向けた。その瞬間、半兵衛は抜刀するや、斜め上方に振り抜いた。

喜兵衛の顔が驚愕し、ついで恐怖におののいた。その喉には深い一筋の溝ができていた。溝からはすぐに赤い血が溢れだし、足許の雑草に音を立ててしたたり落ちた。

喉を切られた喜兵衛は声を出すこともできず、傷口を手で押さえ、右膝をつき、ついで左膝をついて、そのまま前のめりに倒れた。

「な、何も斬ることは……」

震え声を発したのは紋造だった。

「顔を覚えられた」

半兵衛はそう応じて、刀を鞘に納めた。

第四章　すれ違い

一

　約束の刻限には早かったが、菊之助は昌平橋のたもとで次郎を待っていた。すぐそばの八ツ小路広場には、青物市場が立ち、近在の村から運ばれてきた野菜類が筵や茣蓙の上に広げられていた。

　もう少し日が昇れば、広場には他の物売りも集まってくる。飴売りに薬売り、口上を述べながら客を集める蝦蟇の油売り、その他軽業師などの大道芸人など。両国広小路ほどではないが、この八ツ小路も江戸の盛り場のひとつだった。

　真っ青にすんだ高い空の一画に、刷毛ではいたような筋雲が浮かんでいた。

　菊之助は柳原土手のほうに目を向けてから、そばの神田川を眺めた。冬場を過ごしにきた十数羽の鴨が、行列を組んで気持ちよさそうに泳いでいた。ときどき、水のなかに頭を突っ込んで餌を探している。

約束は五つ半（午前九時）だった。菊之助は昨日と同じ一本差しの浪人のなりだ。

近くには諸藩の大名屋敷があり、今も人馬を伴った大名が仰々しく表門から出て行ったところだった。神田橋御門のほうに向かっていったので、これから江戸城に登るのであろう。

次郎がやってきたのは、それから間もなくのことだった。

「待ちましたか」

小走りにやってきた次郎の顔に、まぶしい朝の光があたっていた。

「そうでもない。伊佐次のことは大丈夫だったか？」

菊之助は昌平橋を渡りはじめた。

「おとっつぁんも、おっかさんも何てことありませんでした。おいらが帰ってきたことを喜んでいるふうで、伊佐次さんには好きなだけいればいいって」

「何といったんだ」

「田舎から江戸に商売の勉強をしに来たんだけど、持ち金を掏られちまって困っているんだといってやっただけです。疑りもしませんでしたよ」

「そうか……。おまえも久しぶりに家でくつろいだんじゃないのか」

「そうでもありません。だけどそう長くは置いとけませんね」

「うむ」

　菊之助は黙々と足を進める。

「今日はいかさまにあった町のものたちが、御番所で訴える日ですね。横山の旦那は、訴えを聞き入れて番所が動くのは間違いないっていってるんでしょ」

「遅くとも明日には動き出すだろうな」

「だったら人相書がまわりますね。そうなると、うちのおとっつぁんもおっかさんも伊佐次さんのことを知ることになります」

「そのとおりだ」

「それまでになんとかしないと……」

「そういうことだ」

　つまり、伊佐次を救うには限られた日数しかないということである。

「伊佐次さんのおかみさんと娘を捜すのもありますが、伊佐次さんたちを騙したいかさま野郎を捜すのが先じゃないですかねえ」

今日の次郎はおしゃべりだった。

「体がふたつあれば、そうしたいところだ」

菊之助は額に浮かんできた汗をぬぐった。

次郎は昨夜、伊佐次と話し合ったことをかいつまんで教えてくれた。結論からいえば、伊佐次の思いは、ともかく女房と娘に一目会いたいということだった。

「伊佐次さんはあきらめているんですよ。量蔵や半兵衛って野郎たちは、江戸を離れて遠くに行ってるんじゃないか、そうなると見つけられないだろうって……おいらはあきらめちゃいけないといってやったんですが、もう肚はくくっているからというんです。話を聞いていると、もどかしくなって腹も立ちますが、あの人の顔を見ると可哀想で仕方なくて……」

菊之助が次郎を見ると、泣きそうな顔をしていた。粋がったり伝法な口を利いたりするが、次郎は情にもろい男だ。

「やるだけのことをやってやるしかない」

他にいうべき言葉はなかった。

富士見坂上の大塚に着いた二人は、早速聞き込みにまわった。

被害にあったものには、自分も同じように騙されたといい、そうでないものには昔世話になったものだと、相手によって適当に話を合わせて聞き込んでいった。

だが、半日をかけても伊佐次の女房と娘がどこへ行ったか、その手がかりさえつかめなかった。

「さっぱりですね」

茶屋の縁台に腰をおろした次郎がため息をつく。

菊之助もいささか疲れを感じていた。

「どうしますか……」

「ひょっとすると、お豊と仲のいいものがかくまっているのではないかと思ったが、この狭い町だ。二、三日ならともかく、それ以上は無理だろう」

「じゃあ、どこかよそに隠れているってことですね」

「うむ。……お豊の親戚が、近くにあるといっていたな」

「たしか音羽八丁目だといってました」

家主の名前も聞いていたので、行けばすぐにわかるはずだった。江戸には現代のような住居表示はない。人を捜す場合には町名のあとに家主の名をあげ、そのあとで店借り人の名前をつければだいたいの見当がついた。

お豊の親戚は、反物（たんもの）の仲買（なかがい）をする作次（さくじ）という男で、家主は久兵衛（きゅうべえ）といった。

したがって、音羽八丁目久兵衛店反物仲買作次という按配である。

「よし、こうなったら手当たり次第だ」

　菊之助は膝をたたいて立ちあがった。

　富士見坂を下り、護国寺門前の広道を左に折れて音羽町の通りに入った。江戸川橋までの一本道の両側には商家が軒をつらねており、なかなかのにぎわいだ。日はすでに西のほうに傾きつつあるが、それでもまだ日の暮れまでには間があった。

　お豊の親戚の家はすぐにわかった。表店ではないが、二階建ての家で菊之助の裏店とは格段の違いだった。

　主の作次は仕事で家にいなかったが、おゆうという女房が応対に出た。だが、お豊のことを口にすると、如実にいやな顔をした。

「なんですかねえ、またお豊のことですか。あの騒ぎ以来、いろんな人が来て、うちでかくまってるんじゃないかって……冗談じゃありませんよ。人の金を預かって騙し取るなんて、うちもいい迷惑をしているんですよ」

　これでは取りつく島もなく、亭主の作次もお豊とは縁切りだと憤慨しているらしい。

「それじゃ、どこに行ったか心当たりはないってことか……」

粘って聞いてみたが、やはり返ってくる言葉はそっけなかった。

「親戚中をあたっても無駄ですよ。あたしらの顔に泥を塗ったようなもんなんですからね」

菊之助と次郎は肩を落とすしかなかった。

二

秀蔵が手先の五郎七と甚太郎を連れて、四谷伝馬町二丁目の自身番に到着したのは、大分日が傾き、影が長くなったころだった。

ほんとうは朝のうちに来たかったのだが、大塚の詐欺の訴えを聞くために番所を離れることができなかったのだ。

大和屋伊佐次に金を騙し取られたものたちの訴えは、吟味方に聞き入れられ、そのまま奉行に報告された。そして奉行は英断即決の指図を配下に申し渡した。

――即刻、大和屋伊佐次とその女房お豊、並びに量蔵、半兵衛、お雪らを召し捕らえよ。

秀蔵はそのとき、直接奉行の顔を見たわけではないが、色の白い南町奉行・荒尾但馬守成章の顔はいつになく紅潮していたという。奉行の荒尾はこういった人の心につけいる狡猾な騙しを、もっとも嫌う人物であった。

追捕を受けるものたちは、訴えた被害者らの証言をもとに、人相書を作られることになった。

「それで、大縄地の空き地で殺されていたってことだな」

秀蔵は番屋詰めの町役からあらかたの話を聞いて、たそがれはじめた表に目を向けた。

「下手人を見たものもいねえってことか……仏は店に返したんだな」

「はい、身許もはっきりしておりますので、検屍の役人が帰られたあとすぐに。……まずかったでしょうか」

厳しい顔をしている秀蔵に、頭の禿げ上がった町役はおどおどしながら訊ねた。

「いや、かまわねえ。それで田村屋ってえのは近くか」

町役は案内するといった。

秀蔵はそうさせることにした。

田村屋に行く途中で、死体が発見された空き地に立ち寄った。何もない野っ原みたいなところだ。

秀蔵は十手で自分の肩をたたきながら、まわりをゆっくり眺め渡した。

死体が転がっていた場所は、通りからは見えないところだ。それにまわりの家は、空き地にそっぽを向いた形で建っている。

「あの家もその家も、壁か。……窓でも向いてりゃ、誰か見たものがいたんだろうが、これじゃどうしようもねえな。声を聞いたものもいなかったのか？」

秀蔵は町役に顔を戻した。

「今のところ、声を聞いたというものもおりませんで……」

「そうか。仕方ねえ。それで、倒れていたのがこのあたりだな」

秀蔵は田村屋喜兵衛が横たわっていたあたりの地面を見た。足跡がないかと目を凝らしたが、地面が湿っていればまだしも乾燥した空き地にはそんな形跡はなかった。

最初に死体を見つけたのは、近所の子供たちだった。昼前のことだったらしい。

「子供たちも下手人らしき姿は見ていないんだな」

「まったく見ていないようでした」

禿頭の町役は硬い表情のまま答えた。

た。
主を亡くした田村屋は暖簾を下ろし、表戸も閉めていた。奉公人と喜兵衛の家族は、悲しみに打ちひしがれた悲しい顔をしながらも、通夜の支度にかかってい
「ともかく田村屋で話を聞くか」

「今朝はあんなに元気だったのに……」

遺体の枕元で話をする喜兵衛の女房は、涙で顔をくしゃくしゃにしていた。

「何か商売で恨まれていたようなことはないか？」

秀蔵は女房から、まわりに座っている奉公人たちにも目を向けた。誰もが、喜兵衛は他人から恨まれるような人ではなかったと、口を揃えた。

「……まあ、その辺のこともおいおい聞いていくことにしよう。悪いが、仏を拝ましてもらうよ」

秀蔵は女房に断りを入れてから、喜兵衛にかけてあった白布を剝ぎ、ついで布団をめくった。

喉にすっぱり斬られた傷があった。

あきるほど死体を見ている秀蔵でも、顔をしかめずにはいられなかった。

一寸半ほどの傷は両側にめくれたように広がっていた。見ただけで刀傷だとわ

かる。それも一太刀のようだ。

他にも傷があるかと聞いたが、喉の傷のみだった。

「懐に巾着や金は入っていなかったのかな……」

秀蔵は布団をかけ直しながらつぶやくようにいった。

「金目のものは一切ありませんでした。旦那様は財布を持って出かけられておりますし、銀象嵌の上等な煙管の入った煙草入れもありませんでした。おそらく下手人が……」

答えるのは嘉兵衛という番頭だった。

「それじゃ物盗りだったのか……」

つぶやいた秀蔵は菊の香華を見、首をうなだれ唇を嚙みしめている跡継ぎとなる倅の周吉を静かに眺めた。

「近ごろ変わったやつが訪ねてきたようなことはなかったか?」

仏の枕元に座る一同は互いの顔を見合わせ、しばらく考え込んだ。女房のお松も、手拭いで涙を拭きながら真剣な目をした。

集まっている奉公人は五人だが、何か思い当たったような顔はしなかった。

秀蔵は小さな吐息をついて、行き当たりばったりの凶行だったのかもしれないと思った。それにしても白昼の殺しである。大胆なことをする下手人だ。

奉公人たちが最近来た客や、ツケを溜めている客の名をあげたりしたが、これだという人間はいそうになかった。それでも、秀蔵は彼らが口にしたものたちのことを、五郎七と甚太郎に覚えさせた。

「そういえば、久しぶりに顔を出したものがおります」

それは秀蔵が今まさに腰をあげようとしたときだった。思い出したようにいったのは、跡継ぎの周吉だった。

「誰だ？」

「はい、うちに長く奉公していた男で、大塚の大和屋という店に婿に入った伊佐次というものです。もう十日以上も前のことですが……」

秀蔵は眉を動かし、目を光らせた。

大和屋伊佐次といえば……。

同席していた手先の五郎七と甚太郎もはっと顔を強ばらせていた。

「その伊佐次は何の用で来た？」

「それはよくわかりません。ただ、いつになく深刻な顔でおとっつぁんと奥の間で長々と話をしておりました。どんな話をしていたのか、今となってはわかりませんが」

秀蔵はさっと女房のお松に目を向けた。

「おかみ、何か聞いておらぬか？」

「わたしは久しぶりだったのでお茶を出して、近ごろの様子を聞こうとしたのですが、旦那にすぐに席を外せといわれましたので、何もわかりません。でも、いつもと顔色が違っていたのはたしかで、伊佐次は何か困っているふうでした」

秀蔵は唇をきりりと引き結び、遠い目をして菊之助の話を思い出し、やおら腰をあげて田村屋を出た。

「ひょっとして、あの伊佐次が……」

五郎七が鉤鼻（かぎばな）の穴をふくらませて見てきた。

「いや、伊佐次にはできねえ仕業だ。あの刀傷を見ればわかる。下手人は他にいると思うが、伊佐次からも目を放せねえのはたしかだ。ともかく、さっき奉公人たちが口にしたものたちを当たれ」

「旦那は？」

今度は甚太郎だった。

「おれは一度御番所に戻る。そろそろ人相書が出来ているころだ。行け」

そういうと、秀蔵はさっと二人に背を向け、宵闇に包まれた町を見ながら、菊之助に会わなければならないと思った。

三

長火鉢のある居間には百目蠟燭の明かりが煌々と点っていた。

五徳に置かれた鉄瓶の底を、炭火が赤々と焼き、注ぎ口から湯気が立っている。

半兵衛や量蔵らがねぐらにしている雑司ヶ谷の家である。

「まずいことをしてしまったのではありませんか……」

近くの林で梟の声がしてから、量蔵が沈黙を破った。いつものにこやかな顔ではない。いつも人に取り入る油断のならない目も、真剣だった。

「顔を覚えられたから始末しただけだ」

「町方はそれで動きますよ。ただでさえ、江戸にいないほうがいいというのに……」

「下手はしていない。いらぬ取り越し苦労だ」

半兵衛はするめを齧って酒を飲みながら、忌々しそうに言葉を足した。

「ごちゃごちゃうるさいことをいうんじゃないよ」

「伊佐次のことに拘りすぎるからですよ。放っておきゃいいのに……」

お雪は片膝を立て煙管を吸い、唇をすぼめて細長い煙を吐き出した。

「その口を塞いでやろうか」

半兵衛はお雪をにらんだ。お雪も負けじとにらみ返してくる。

「いらぬ道草を食っているから、いいたくないことをいってるんだよ」

「黙れッ!」

半兵衛は持っていた盃を投げた。

盃はお雪の後ろの障子を突き破って、隣の部屋に落ちた。板の間でカラカラと乾いた音がして、すぐにやんだ。

半兵衛が雇った卯三郎、紋造、又八の三人は、その板の間に座して、半兵衛の怒りの火の粉を避けるように酒を飲んでいた。

「まあ二人とも落ち着いて……やってしまったことはしようがないんだ」

量蔵が中に入って、半兵衛に新しい盃を差しだした。

お雪は口を尖らせ、そっぽを向いた。

「ともかく、こうなったら伊佐次のことはどうでもいいでしょう。早いとこ、半兵衛さんのおっしゃることをやってしまおうではありませんか。ともかく江戸に長居は無用の身なんですから」

　量蔵はいつもの柔和な顔になっていう。

　お雪もすねた顔を半兵衛に戻した。

　半兵衛はどうするかと考えながら盃に酒を満たし、隣の部屋に控える卯三郎らの視線も気にした。飢えた痩せ犬みたいなやつらだ。この先も手伝わせるかどうか思案のしどころでもある。このままお払い箱にしても、問題はないだろうが……。

「おまえら、ちょいと表に行ってな」

　そういうと、卯三郎らは互いの顔を見合わせ、それからのそのそと表に出て行った。戸口が開いたとき、吹き込んできた風が燭台の炎を揺らした。

　量蔵とお雪の目が好奇に光っている。

「おまえらのいいたいこともわかる。まあ、この辺が潮時だろうから伊佐次のことはあきらめるとしよう」

「それで、金になる一仕事とは……」

　量蔵はわずかに膝を詰めてきた。お雪も膝をすって寄ってくる。

「おまえたちの知恵を貸してもらいたいんだ」

「なんです？」

量蔵はさらに体を寄せてきた。

「河野屋って廻船問屋を知っているか？」

半兵衛は声を抑えていった。

量蔵もお雪も知らないと首を振った。

「江戸十組問屋のひとつだ。おれは春先までそこの用心棒に雇われていた。お陰で上方にも行かせてもらった。江戸を離れて、向こうに住むのも悪くないと思っている。おまえらは、上方には詳しいようだが、この仕事がうまくいきゃ、いかさまの化粧の品をつかませ、面倒な騙りをやることもない」

「それでどんなことを……」

量蔵はまばたきもせず半兵衛を見る。

「河野屋の主は長十郎という食えない男だ。上方から仕入れた積み荷を抜き、横流しし、嵐に遭い難破したとか適当なことをいって誤魔化し、損金分として十組問屋から金を騙し取ってやがる。おまけにその偽りをもとに、お上に納める冥加金も減らしてもらったりしている。積み荷のなかには幕府に上納する品もあったが、そんなもん知ったこっちゃないという具合だ」

「そりゃ、相当の悪じゃないのさ」

「そうさ。だから金を脅し取るって寸法だ」

「いったい、いかほど……」

量蔵は興味津々に目を光らせていた。

「河野屋が毎年幕府に納める冥加金は、千五百両だ」

「それじゃ、その金を……」

お雪も目を光らせている。

「そうじゃねえ。やつは冥加金をきちんと納めるときもあるが、そうでないときもある。そうしなきゃ怪しまれるからな。それにしょっちゅう船が水難に遭ったというのもうまくない。そのへんを河野屋長十郎はうまくやっている。これまで仲間の十組問屋や幕府を騙して儲けた金は一万両は下らないだろう」

「一万両……」

量蔵とお雪は同時に、同じ言葉を発し目を丸くした。

「だが、それをそっくりいただくわけにもいかねえ。ここは話し合いだ。毎年一千両いただくってことも考えたが、河野屋は用心深くて腹黒いし、あとでどんな手を打ってくるかわかりゃしねえ。ここは、うまく話をして三千両ばかり都合してもらおうと思うんだ」

量蔵とお雪は息を呑んだ。

「で、そんな大金がその河野屋にあるんですか」

お雪だった。喉が渇いたのか、そばの盃の酒を急いで飲みほした。

「金蔵には三千両どころじゃない。もっと眠っているさ。だが、欲の皮を突っ張らせるとろくなことはない。ここはひとり頭千両で、三千両でどうだろうかと思っているのよ」

「それでどうやって……」

「まあ、耳を貸しな」

そういって、半兵衛は自分の考えを話していった。

十組問屋とは、海難事故などの損益を補ったり、船手に関する面倒なことを一切仕切ったりして、流通をより円滑にするために設けられた組織だった。菱垣廻船を中心に元禄期にその原型ができたが、酒荷を扱う樽廻船が幅を利かし、十組問屋仲間から抜けたり、菱垣廻船が老朽化して衰退した時期があった。

その後、問屋仲間は一致団結して組織強化に努め、幕府から公的な株仲間として認められるにいたり、大坂・江戸間の流通を独占的に幕府より保障されることになった。

これによって交付された株札を所持していないものは、同種同業の営業ができなくなった。きわめて排他的で独占的な問屋組織ができあがったわけだが、幕府は冥加金を課すことにより財政資源としていた。

「それじゃ、お雪に美人局を……」

話を聞き終えた量蔵は、感心したように目を大きくしてお雪を見た。

「それで、河野屋長十郎に話をつけるのがあんたというわけだ」

半兵衛は量蔵とお雪の顔を交互に見た。

「お雪、何も河野屋に組み敷かれろっていうんじゃない。おまえのその器量さえあれば、河野屋長十郎が目の色を変えるのは、火を見るより明らかだ。何より大の女好きだ。大坂に三人の女を囲い、江戸にも二人を囲っている」

「わたしは、いざとなったら枕を並べてやってもいいさ。なにせ一千両だからね」

「いい度胸だ」

半兵衛はさっきとは違い、お雪に微笑んでやった。もっとも片頰をゆるめただけの、不遜な笑みではあったが。

「それで、いつやります？」

量蔵はすっかり乗り気になっていた。

「河野屋が大坂に行っているのはわかっているが、そろそろ戻ってくるころだ。だが、やつは気まぐれだからつぎの船で戻ってくるかもしれない。だから、それまで待つしかないってことだ」

「なるほど……だから、その間に伊佐次の始末をつけようと考えていたのですな」

「まあ、そんなところだ」

半兵衛は盃を口に運んで、一息であおった。

四

家の前で次郎と別れた菊之助は、三和土に入るなり、居間の縁に腰をおろして吐息をついた。朝から歩き詰めだったので、強ばっているふくらはぎをさすり、腰の刀を抜いた。

大塚をあとにしてから、次郎の実家にいる伊佐次にもう一度会い、女房と娘の行方に心当たりがないかと問いただした。伊佐次は必死に考えをめぐらしていたが、結局何も思い当たることはないとうなだれた。

「さてさて、明日はどうするか」

思わず独り言をいって、居間にあがって酒の入っている徳利を引き寄せた。

「菊之助」

と、低められた声がしたのはそのときだった。

「入るぜ」

勝手に戸障子を開けて入ってきたのは、秀蔵だった。菊之助は徳利を持ったまま、

「こんな時分にどうした」

「話がある。ここでは何だ。ついてこい」

家のなかをひと眺めしたあとでそういった秀蔵の顔はいつになく厳しく、そして有無をいわせぬという態度だった。菊之助は黙ってあとにしたがった。

手先もつけずにひとりだ。長屋を出ると、しばらく浜町堀沿いに歩いた。秀蔵はその間も秀蔵は黙ったままだ。富沢町（とみざわちょう）の町屋に入ると、目についた小料理屋の暖簾を

くぐった。

「奥を借りるぜ」

入ってきた客が八丁堀同心だから、店の亭主と女将も一瞬緊張し、店の客も話をやめた。束の間、店内は静かになったが、秀蔵と菊之助が奥の板間に腰を据えると、また賑やかな酔っぱらいの話がはじまった。

酒といっしょにメザシを肴にたのんだ。秀蔵はいつになく口が重く、なかなか話を切り出さなかったが、

「伊佐次はどこへ行った?」

と、最初の盃の酒をあけてから聞いた。

いつもの涼しげな目は、人の心を射抜くように鋭い。

「教えなきゃまずいか」

菊之助がそういうと、秀蔵はしばらく考え込んだ。

「……いざとなったとき、押さえられるところにいるのならいわなくていい」

「なら、それまで口をつぐんでおく。次郎も知っているが、どうする?」

秀蔵の眉間にしわが彫られた。

「あいつも伊佐次のことを知っているのか?」

「おれがおまえに伊佐次のことを話したことも知っている」

「まったく余計なことを……」

秀蔵は舌打ちをしてつづけた。

「菊之助、今度ばかりはおれも、いくらおまえといえど許さねえかもしれねえぜ。わかってんだろうな」

秀蔵は菊之助を鋭くにらみつけながら、手に持った盃が割れるのではないかというほど強く握りしめた。

「……承知のうえだ」

他にもいいたいことはあったが、今日のところは黙っておくことにした。秀蔵に癇癪(かんしゃく)を起こされてはたまらない。唯一力になってくれるかもしれない男なのだ。

「いっておくが、ここで今こうして会っていることは次郎には内緒だ。他のやつにも同じだ」

「わかった」

「田村屋喜兵衛が殺されたぜ」

「えっ！」

菊之助は口許に持っていった盃を宙に浮かしたまま顔をあげた。

「いつだ?」

「今日の昼前だ」

「下手人は?」

「それより、伊佐次は今日どこにいた? まさか四谷に足を運んだっていうんじゃあるまいな」

相変わらず秀蔵の双眸は厳しい。

「……いや、やつはあるところでおとなしくしている。四谷などには行っていない」

「そうか、ならまだ救いようがある」

「御番所は伊佐次を手配したんだな」

「伊佐次も女房のお豊も、そして量蔵とかいういかさま野郎たち全員の手配が終わった。御番所の連中は必死で捜すぜ。おれはそれにくわえて、田村屋喜兵衛殺しにも関わる。もともと手が足りねえところにこの始末だ。猫の手も借りてえというのに……」

秀蔵は不機嫌な顔のまま酒をあおった。

「おめえが人のいいことをしやがったばかりに、面倒なことになった」

「………」

二の句の継げない菊之助は黙って酒を飲むしかない。

「余計なことをしてくれなきゃ、この件はあっさり片（かた）がついたはずなんだ」

「……落ち度はあったにせよ、伊佐次を量蔵らといっしょにされちゃ困る。やつは量蔵といういかさまものにまんまとはめられただけだ。突き詰めて考えるまでもなく、伊佐次も被害をこうむったひとりなんだ。量蔵らにうまく利用されたにすぎない。金も持ち逃げされている。……だから、おれはやつの力——」

「黙りやがれ」

秀蔵は低い声で、強く鋭くいって菊之助をにらんだ。

「おまえはおれに迷惑をかけているんだ。それがわからねえか」

「………」

菊之助は刃向かうように秀蔵をにらみ返した。

「ともかく伊佐次の身柄はいつでも確保できるんだな」

「……その気になれば、いつでも」

「だったら、おれに手を貸せ」

菊之助は盃を置いた。さっきからなかなか酒が飲めない。

「おれはいかさま野郎まで手がまわらねえ。もっとも手抜きをするってんじゃないが、田村屋喜兵衛殺しの下手人を追う。おまえはおれの手先として働け」

「またか」

そういうと、とたんに秀蔵が自分の膝をぴしりとたたいた。さらに厳しい目でにらんでもくる。

「ふわふわ侍のくせして、余計な口を利くんじゃねえ。いいか、量蔵と半兵衛、そしてお雪って女を捜せ。何が何でも捜しだせ。そうしなきゃ伊佐次は救われねえ。そうすりゃ、おまえのいらぬ親切心も実を結ぶってもんだ。違うか」

まいった。菊之助は思わず、秀蔵に頭を下げたくなった。

「わかった。おまえの犬になろう」

「それでいい。それじゃこれを渡しておく」

秀蔵は懐から人相書の束をつかみだして菊之助に渡した。それには伊佐次と女房のお豊の分もあった。菊之助はまわりの客に見られないように、二人分をたたんで懐にしまい、それから量蔵、半兵衛、お雪の人相書に目を凝らした。

「手がかりは……?」

「今のところ何もねえ」

「そうか。ともかく何とかしよう」

「しようではなく、するんだ。そうじゃないか」

「そうだ」

「それじゃ、そういうことだ」

秀蔵はそれだけをいうと、女将を呼んでさっさと勘定をすまして表に出た。菊之助はあとを追って、すらりと背の高い秀蔵の背中を見た。

「菊之助、血眼(ちまなこ)になって捜すんだぜ。何か手がかりが見つかったら、五郎七か甚太郎を寄こしてやる」

「秀蔵……」

「しっかりやれ」

そのまま秀蔵は歩き去った。菊之助は通りに立ったまま、秀蔵の姿が見えなくなるまで見送っていた。

五

その朝、半兵衛は雇っていた三人の手下を解雇した。

卯三郎も紋造も又八も、酒手（さかて）を弾んでもらったので何もいいはしなかった。

それに半兵衛は含みももたせた。

「これで終わりってわけじゃない。近いうちに、またおまえたちには頼み仕事がある。そのときはもっと金を弾んでやる」

そういってやると、三人はヘイコラしてよろしくお願いしますと声を揃えた。

脛に傷を持つものたちだから、まさか御番所に密告するとは思えない。

「声がかかるのを待っておりやすよ」

軽口をたたいたのは、枕探し専門の卯三郎だった。

懐の暖かくなった三人は、それぞれに相好（そうごう）を崩して雑司ヶ谷の家を出て行った。

それからしばらくして、半兵衛と量蔵とお雪も家を出た。

半兵衛と量蔵は編笠を被り、お雪は女頭巾で顔を隠すようにした。

三人が行くのは、霊岸島（れいがんじま）の入り堀である新川（しんかわ）である。亀島川（かめじまがわ）と大川をつないでおり、両岸には酒問屋や水運荷役の商家が立ち並び、酒蔵がいくつもある。

　空は曇っており風も強かった。道をおおいつくしている落ち葉が、つむじのように吹きあがり、木々の枯れ葉も舞い散った。

　寺の境内にある大きな銀杏は黄色く色づき、紅葉は燃えるように赤くなっている。

「こう長居をするのだったら、名前を変えておけばよかった」

　量蔵がそんなことをいった。

「いつも変えるのか？」

　半兵衛は流し目を送って聞く。

「変えたり変えなかったりですが、まあ仕事が長引くようだと変えることが多いですね」

「それじゃ、いくつも名前があるってわけだ」

「ときどき、自分のほんとの名前が何だったかと思うこともありますよ」

　頭巾を被ったお雪も、そういって小さく笑った。お雪という名は肌のきれいさに合わせて変えたと、量蔵が補足した。元の名はおみつというらしい。

「ところで半兵衛さんは、ほんとの名なんだろうね」

「名を変えたことなんざないさ。もっとも、小さいころは栄助って名だったが……」

半兵衛と変えたのは元服してからのことだ。貧乏御家人の倅で、父親は三つのときに病に倒れ他界していた。梶原という姓があるが、滅多に姓を名乗ることはない。

三人はとりとめのないことを、思いだしたように話しながら新川に向かった。

「それにしても半兵衛さんと知り合えてよかった。わたしもそろそろ諸国を歩きまわるのに疲れを感じておりましたからね。これを機に、あとはのんびり暮らせると思えば、このうえない幸せですよ。なあ、お雪」

「そうだわね。あたしもいい加減、化粧売りには飽きていたんだよ。仕事をしたら、とっととその国を離れて他国へ、そしてまた他国へ……最初のころはそれも楽しかったけれどねえ。もっと大きな儲けが出来れば、そんな商売からも足が洗えたんだろうけれど、他にやることが見つからなかったからね」

「まあ、そういわないでおくれ。それなりに稼がせてもらったんだから」

お雪はちろっと舌を出して首をすくめた。

半兵衛は量蔵とお雪の無駄話を聞くともなしに聞きながら、河野屋長十郎の顔を思い浮かべ、今日あたり帰っていればいいがと思った。

新川に着いたのは、朝四つ（午前十時）ごろだった。

河岸場には沖に停泊する樽廻船や菱垣廻船から降ろした荷を運ぶ船が、数え切れないほど舫ってあった。

蔵や商家の並ぶ通りには印半纏を着た人足や奉公人たちが往ったり来たりしている。大八車を蔵の前に止め、荷降ろし作業をしている者たちもいた。

秋酒荷の一番船が到着するときには、この町は祭のようなにぎわいを呈する。柿色の印半纏を着た若い衆が幟や旗をひるがえし、太鼓を打ち鳴らして町を練り歩き、各商家の店先では一番酒がふるまわれる。

新川は下り酒の一大集散地ではあるが、降ろされる荷は酒ばかりとはかぎらない。米や糠、あるいは酢や醤油などもある。

目的の廻船問屋〈河野屋〉は、新川河岸の東方、三ノ橋に近い新四日市町四丁目にあった。

表戸の上には、河野屋と書かれた大きな看板が掲げられている。炎天や風雨にさらされて文字がくすみ、罅が入り一部は剥がれているが、それが河野屋の歴史と重厚さを表しているようでもある。

紺暖簾の奥に見える土間には、大きな酒樽が並んでいた。

「立派な店構えですな」

そばの蔵地に立った量蔵は、河野屋を見て感心したようにいった。

「間口は五間ほどだが、奥行きがある。裏庭には池があって何十両もする鯉が泳いでいる」

「へえ、あるところにはあるもんでございますね」

「それで半兵衛さん、どうするんだい？」

そう聞くお雪に、半兵衛は顔を向けて、編笠の先を少しあげた。

「おまえの出番だ。芝居は得意だろうから、適当なことをいって主の長十郎が在宅かどうか聞いてくるんだ。留守だったら、いつ帰るか、それも聞き出せ」

「おやすい御用ですよ」

「おれたちはその先の茶店で待っている」

半兵衛と量蔵が茶店の縁台に腰をおろし、茶を飲みほすまでもなく、お雪は戻ってきた。

「河野屋の主はつぎの船で大坂から帰ってくるそうだよ」

「いつだ？」

「天気次第らしいけど、三日ぐらいじゃないかって……」

半兵衛は曇った空を見あげ、もっと早く帰ってこられないものかと思うが、それは無理な注文である。大坂－江戸間の所要日数は、早くても十日、遅くて二十日である。通常は十五日前後の旅程だった。

「そうすると、河野屋の乗った船は駿河近辺にいるってことか……」

半兵衛は独り言をつぶやくと、

「ひとまず今日の用はすんだ。長十郎が帰ってくるまで待つしかない。行くぜ」

新川に長居は無用であった。用心棒をやっていた手前、この町には半兵衛の顔を知っているものがいる。

三人は町奉行所役人の住まう八丁堀を避け、小網町から両国に出て一休みした。だが、ここで入った飯屋で三人は青ざめるような話を聞いた。

それはちょうど飯を食い終え、勘定をすましたときだ。土間の縁台で飯を食っていた行商人の連れが店の暖簾をくぐって入ってくるなり、

「ひどいやつがいるもんだねえ。ニセの化粧の品を使って金を騙し取ったやつがいるんだってさ。それが五百両っていうから驚いちまうよ」

「五百両だと！　そりゃどういうことだい」

「まあ、これに詳しく書いてあるんだがよ。おめえさん、字読めたか？」

「何いってやがる、どれ貸してみろ」

半兵衛は二人がのぞき込んでいる人相書を盗み見た。それには伊佐次以下自分たちの名があり、似面絵が描かれていた。人相書の脇には、細かい字でその特徴と、罪状が書かれている。

「人相書が出ているよ」

表に出るなりお雪が硬い表情で、半兵衛と量蔵を見た。

「思ったより早く手配されちまったな」

舌打ちをする半兵衛だが、どうすることもできない。

「ともかく目立たないように心がけるしかありませんな。こんな人の多いところは、さっさと引きあげましょう」

量蔵に促された半兵衛は、編笠を深く被りなおした。

六

秀蔵は口に出してこそいわなかったが、伊佐次についてはしばらく目をつぶっておくという意思を示したうえで、量蔵と半兵衛、お雪を何が何でも捜し出せと指図した。

だから菊之助は必死になって手がかりをつかもうと動きまわったが、まったくお手上げの状態だった。

伊佐次夫婦を騙した輩がすでに江戸を離れていれば、これはもうまったくどうしようもないことだ。

菊之助は次郎と手分けをして二日をかけていたが、何も出ずじまいである。

その日は半分あきらめの境地で、静かに頭の整理をすることにした。そのために、商売の包丁を研がずに、刀の手入れをしていた。

父の形見、藤源次助眞である。大事な一振りなので、折を見て手入れはしているが、今日は念を入れていた。

刀は錆(さ)びたり刃こぼれがあれば研ぎが必要だが、そうでなければ手入れをするだけでよい。菊之助は刀身についた古い油を拭い、紙で拭き終わると、打粉(うちこ)を丹念にはたいていった。打粉は砥石を粉末状にして包んだもので、古い油を取るのと同時に刀の表面をきれいに仕上げることができる。

右手に持った刀は、戸障子から射し込むあわい光を受け、きらりきらりと輝きを放っていた。

この愛刀の特徴は、端的にいえば切っ先の刃紋にある。これは丁子の花のように見えることから丁子刃といわれている。

手にしている一振りは決して華美ではない。またその必要もない。刀は一挙動で抜ければよいし、周囲にいらぬ威圧を与えるものでもない。もっともだが、いざとなればその斬れ味は他に比肩すべきものがないほどだ。

遣い手が下手であれば、そうはいかないが。

菊之助は打粉を丁寧に拭い紙で拭き取ると、姿勢を正し、静かに鑑賞した。

このときほど身が引き締まり、精神を集中できるときはない。

ときにひやりと汗をかくほどの緊張感さえ伴う。あわい光を撥ね返す刀身から、膝許に置いた人相書に目を移した。

量蔵と半兵衛とお雪のものだ。

それぞれには罪状と、その特徴が添え書きされている。

雑な人相書は、鼻が高いか低いか、鼻筋が通っているかいないか、丸顔か面長か、唇が厚いか薄いか、はたまた目がどんなであるかなどと書いてあるだけだ。

黒子が鼻の脇にあるというなどの、目立った特徴があれば、かなり功を奏するが、なかなかそううまくはいかない。

だが、この人相書を描いたものは、町奉行所の用部屋手付同心のころから罪人の人相書の修練を積んできたらしく、かなり緻密な仕上がりだという。

菊之助は片手に刀をかざしたまま平静な心を保ち、人相書に目を凝らした。

量蔵はふくよかで、かつにこやかな顔をしている。到底悪人には見えない。半兵衛は細面でやはり目を細めて、わずかに笑っている。年は三十前後だと書かれている。

そしてお雪は、丸顔で透けるように肌が白くきれいだとある。決して美人ではないが、醜女でもない。これもわずかに目を細め、口許をゆるめている。

三人とも柔和な顔つきをしているのは、騙されたものたちがそんな顔しか見ていないからだろう。

「この笑い顔の裏に、真の顔があるというわけだ」

菊之助はつぶやきを漏らして、刀の手入れに戻った。

目釘を抜き、柄を外して、茎の手入れもしっかりした。

手入れを終えると、商売で預かっている包丁を束ねた。これらは量蔵や半兵衛らの探索を終え、帰宅してから研いでいた。生業をおろそかにできないから、当然のことである。

菊之助は急いで得意先に包丁を届けると、自分の家に取って返し、探索に出かける支度にかかった。そうはいっても前垂れを外し、汚れた仕事着から着流しに替えるだけである。

次郎がやってきたのは帯を締め終わったときだった。

「菊さん」

と、開け放った戸にすがりつくようにして声をかけ、息を整えた。急いできた様子からすると、何かわかったのかもしれない。

「何か出たか？」

「出たってほどのもんじゃないけど、夕暮れになると決まったように永代橋の東のたもとに立つ女がいるらしいんです」

菊之助は眉をひそめた。

伊佐次は別れた女房と娘と再会の場所を決めていた。それが永代橋の東詰めだった。

「……伊佐次の女房か？」

「のようなんです」

「娘を連れていたんだな」

「いや、ひとりらしいんです」

「ひとり……。娘をどこかに預けてきたのかもしれない。その女は人相書のお豊に似ているんだな」

「それがどうもはっきりしないんです。その女を見たものに訊ねると、首をかしげて似ているような気もするし、そうでないような気もすると……年恰好は似ているらしいんですけどね」

菊之助は視線を泳がした。人相書はよくできているらしいが、実際はかけ離れているかもしれない。

「その女は今日も現れるかな?」

「ここ二日ばかり見ないらしいけど、ひょっとすると……」

「よし、行ってみよう。人違いであっても、何かの手がかりになるかもしれぬ」

菊之助と次郎は急いで長屋を出た。

まだ昼過ぎであり、日は高い。風が強く、雲の多い日だった。低いところを流れる灰色の雲が急速な勢いで南から北へ流れていた。その上には真っ白い雲が浮かんでおり、青空がのぞいている。

二人は永代橋を渡ると、佐賀町の蕎麦屋に入って刻をつぶすことにした。

「酒はいいんですか？」

蕎麦を食い終えた次郎は気を利かしてそんなことをいったのだろうが、

「今度ばかりは酒は抜きだ。まだ何もわかっちゃいないんだからな。おまえのほうで気になることはないか」

「あればとっくに話してますよ」

「そうだな……」

菊之助は力なく格子窓の外に目を向けた。

行李を背負い永代橋を渡ってゆくものがいれば、風呂敷包みを抱えた娘がやってくる。

あの橋のたもとで伊佐次は女房子供と別れ、そして再会を約束していた。

見てはいないが、菊之助はそのときの光景を何となく思い浮かべることができた。

蕎麦屋では長居ができないので、二人は茶店を二軒ハシゴして、次郎のいう女を待ちつづけた。やがて、橋の向こうにあった太陽が沈みはじめた。

目当ての女が今にもやってきそうに思えたが、すっかり日が暮れても、次郎のいう女はついに現れなかった。

七

あの人は……。

お豊は二階の窓辺にもたれ、ぼんやりと遠くを見ていた。家のすぐ下にはとろっと油を注いだような水面を見せる荒川が流れている。

対岸には小塚原町の町屋の明かりが、思い出したように点々と見える。すぐ左手に長さ六十六間（約一二〇メートル）の千住大橋が夜の闇のなかに霞んでいる。

軒下の草むらで虫が小さくすだいていた。階下では娘のおもとと、おかよの子供たちのはしゃぎ声がしている。

お豊は星のまたたく空を見あげた。

ここに来てもう半月になろうとしている。すると、亭主の伊佐次と別れて一月になるということだ。

今ごろあの人はどこで何をしているのだろうか？

無事なんだろうか……？

お豊はひとりになると伊佐次のことを思い出さずにはいられない。自分たちをまんまと騙し、金を持ち逃げした量蔵らのことを恨んでいたが、今はもうどうでもよくなっている。つましくていいから家族揃って、同じ屋根の下で暮らせるだけでいいという思いが強くなっている。

お豊は川面に目を移した。この川を下っていけば、永代橋に行ける。今もあの人が待っているかもしれない……。

お豊はおもとを連れて、永代橋のそばで伊佐次と別れた。

「三人で動きまわると目立っていけない。十日内には何とか住めるところを探してくるから、それまで別々に動こう」

伊佐次はあのときそういって、言葉を重ねた。

「十日過ぎには夜露をしのぐところを見つけておく。だから、十日過ぎたら毎日暮れ六つにここで待っている」

だが、お豊はその約束を守れなかった。

伊佐次と別れたあと、お豊はおもとを連れて浅草待乳山に近い木賃宿に身を置いた。なけなしの金しかなかったので、隙間風が入り込み、雨漏りのひどい安宿だった。

おもとが高熱を発したのは、止宿して四日目だった。

単なる風邪だろうと思っていたが、熱はいっこうに引かず、重湯まで吐き出す始末だった。宿にある薬をもらってのませたが、それも効かなかった。結局近所の医者に来てもらい、診てもらったところ麻疹だということがわかった。

ようやくおもとの熱が下がり、食事をとれるようになったのは、それから五日後のことで、伊佐次との約束の日はとうに過ぎていた。それでも伊佐次は待っているはずだと信じて、永代橋まで足を運んだが、会うことはできなかった。日を置かず三度行った。だが、伊佐次には会えなかった。冷たく見放されたのだと悲観したり、何かあの人の身に起こったのだと心配もした。だが、お豊の懐には一文の金もなく、そのままだと行き倒れになるのが落ちだった。

親戚を頼ることも考えたが、すでに久離をいい出されていたので、それもできなかった。

久離とは親類縁者から縁を切られる、いわば重い勘当だった。江戸には「縁坐」という法律があり、親族の誰かが重犯罪を犯せば親戚一同が罰せられることになっていた。これを避けるためにとられる処置が「久離」だった。

これは所定の手続きを踏んで奉行所が承認しなければ認められないが、お豊は訴えが出されたことをすでに知っていたから、親戚を頼ることはできなかった。

おもとの手を引っ張り、ふらつきながら歩いているとき思いついたのが、おかよのことだった。昔大和屋に奉公に来てくれていた女で、お豊とも年が近かったせいでまるで姉妹のように仲がよかった。

そのおかよが千住に嫁いだのは、伊佐次が婿に入ってくる約一年前のことだった。今にも倒れそうになりながら、おかよだったら助けてくれるかもしれないと思った。

そして、本当に藁にもすがる思いでおかよを訪ねて来て、世話になっているのだった。

「それなら心配することはないわ。ここは御番所の手配が及ばない墨引き地の外だから、万が一のことがあっても町方が来ることはないはずだから」

訪ねてきたとき、すべてを打ち明けると、おかよはそういった。

「……そうなんだ」

お豊はそのとき初めて町奉行所の管轄区域のことを知ったのだった。だからといって安心しているわけではなかった。

自分たちが騙した恰好になっている大塚の町のものたちのなかに、やくざまがいの男を雇って、自分たちを追っているものがいるという噂を耳にしていた。それに、伊佐次の身の上も心配だった。

「伊佐次さんを捜してくるわ」

おかよがそういったのは、六日前のことだった。

「お豊さんの顔を見ていると、じっとしてられないでしょ。ともかくわたしが永代橋まで行って捜してみるから」

すると亭主の勇吉(ゆうきち)も、

「おれも一役買うよ。日本橋に用があるついでに、永代橋をまわってこよう」

勇吉は畳職人で、二階の一部屋を仕事部屋として使っているが、ときどき日本橋方面に畳表を替えに出ることがあった。そのときを利用して伊佐次を捜してくれるというのだ。

おかよ夫婦の親切に胸を熱くし期待もしたが、それもかなわぬことだった。

おかよは四日つづけて永代橋まで足を運んでいたが、伊佐次らしい男を見ることはなかったらしい。また勇吉も二回ばかり永代橋のたもとに立ったが、やはり伊佐次を見つけることはできなかった。

階段を駆けあがってくるおもとの足音がした。考え事をしていたお豊はそれで我に返った。同時に階段を上がってきたおもとが声をかけてきた。

「お母ちゃん、おじちゃんが帰ってきたよ」

「そうかい」

「話があるから呼んできてくれって」

「何だろう……」

お豊はほつれ髪を耳の後ろに流して立ちあがった。

「おじちゃん、今日は三ノ輪に行ったついでに永代橋をまわってきたんだって」

「ほんとかい」

お豊は何かいい知らせがあるのではないかと目を輝かせると、おもとより先に階段を下りた。

いかにも実直な顔をした勇吉は、神妙な顔で茶を飲んでいるところだった。台所に立っていたおかよが、二階から下りてきたお豊に気づいて振り返った。

「あんたたち、ちょいと二階に上がっておいで」

おかよは自分の娘たちとおもとにそういいつけた。

子供たちが二階に上がっていくと、

「お豊さん、いやなことを教えなきゃならないんだ」

勇吉が深刻な顔を向けてきた。

おかよも前垂れで手を拭きながら、そばに腰をおろした。

「何でしょう」

「まあ、口でいうより、これを見てもらったほうが早いだろう」

そういった勇吉は、懐から数枚の紙を取り出して、目の前に広げて見せた。

そのとたん、お豊は大きく目を見開き、息を呑んだ。

自分の人相書だった。

第五章　手掛かり

一

「いいかい、ようく思い出すんだ。どんな小さなことでもいい」

菊之助はそういって伊佐次をじっと見つめる。

本所尾上町にある備前屋の二階奥の間だった。次郎の実家であり、次郎が家を飛びだす前に寝起きしていた部屋だった。

「にっちもさっちもいかなくなっちまったんだ。だから伊佐次さんだけが頼りなんだよ」

菊之助の隣に控える次郎も言葉を添える。

伊佐次は真剣な顔で必死に何かを思い出そうとしている。

開け放った窓から秋風が吹き込んでいた。

小春日和の空からは鳶が声を降らしている。

「量蔵がどこに住んでいたか、聞かなかったか」

菊之助は言葉を足す。伊佐次は目の玉を右に左に動かし考えつづけている。

へらーけの万金丹～、てけてっつのぱー……、腹痛に万金丹、気つけにも効くぅ、万金丹……何にでも効くぅー万金丹、てけてっつのぱー……。

町を練り歩く薬売りの声が遠くでしていた。

「……たしか」

伊佐次がわずかに顔をあげた。

菊之助と次郎は膝を詰める。

「なんだ」

「へえ、しばらくは音羽の宿に泊まっていたといいました。量蔵さんらと会って二回目か三回目のときだったと思います」

「どこの宿だ。宿の名はわからないか？」

伊佐次は顔をしかめ、頭の後ろをがりがりかいた。それからはたと、その動きを止め宙の一点を凝視した。

「そうです。お雪さんがこんなことをいったんです」

「なんと?」

菊之助は身を乗りだした。

「そこの坂を登ると富士山がよく見えるけど、宿のそばのあの坂は見えないんだと……」

「どこの坂だ?」

「たしか、鉄砲坂といったような……」

伊佐次は自信なさそうに首を振ったが、菊之助と次郎は目を輝かした。

「鉄砲坂のそばの宿にいたってことだな」

「……だと思います」

「よし、それならあたってみよう。他にはないか?」

菊之助のしつこい問いに、伊佐次は真剣に記憶の糸を手繰っていたようだが、結局はお雪の話しか思いだせなかった。

「それじゃ、女房が頼れるようなところはどうだ? 親戚が駄目だというのはわかっているが、客のなかに親しくしていたような、そんなものはいなかったか? これはおまえのことなんだ。何でもいいから思いだすんだ」

また伊佐次は考えはじめた。首をひねったり、顎をさすったり、目を泳がせたりと必死だった。

「……仲のいい客は何人かおりましたが、果たして子連れのお豊を預かってくれるかどうか……でも、おあきさんなら。いや駄目だ。おあきさんの金も預かってしまったから」

「一番仲のよかったものは誰だ?」

「それなら大塚窪町(くぼまち)のおてるさんですが、二年前から床に伏しておりますので……」

「病気か……それじゃ子連れの親子をかくまうのも大変だろうな」

「そのおてるさんって人はお豊さんとはどんな間柄なんです?」

次郎だった。

「幼なじみです。小さいころから一番の仲良しだったといっておりました」

「そのおてるさんも例の化粧品に金を出したんですか?」

「いいえ、床に伏せっている人にそんな話はできませんから……」

「そうか……」

菊之助はぬるくなった茶に口をつけて、窓の外を見た。町屋の上に広がる青い空に、点々とうろこ雲が浮かんでいた。

「ともかく音羽にある宿をあたってみるか」

菊之助は膝をたたいて、腰をあげた。

それからすぐ次郎の家を出たが、気になっていることがあった。

「次郎、おまえの親はまだ例の人相書に気づいている素振りはないか？」

「今のところありませんね」

「……それならいいが、今日にも知ってしまうかもしれない。それにおまえの家には奉公人もいるし、兄さんだっているだろう。客から話を聞くかもしれない」

そうですね、と応じる次郎の顔は硬かった。

「ともかく一刻も早く何とかしなければならぬ」

菊之助は足を急がせて両国橋を渡りはじめた。

二

「新川まで足を延ばすのは骨が折れるね。どこか近場に移ったほうが楽なんじゃないのかねえ」

出かける支度を終えたお雪が頭巾を被りながらいった。

「馬鹿をいえ。おれたちは手配されているんだ。余計なことをすると、どこでアシがつくかわからねえだろう。量蔵、行くぜ」

半兵衛はお雪の提案を退けて雑司ヶ谷の家を出た。

あれから三日がたっていた。

河野屋長十郎が江戸に帰ってきてもよい日である。半兵衛は遠い空を見て、天気はここ数日崩れていない、予定どおり帰ってくるはずだと確信した。

「今日帰ってきたら、どうします？」

量蔵が肩を並べて聞いてくる。

「もう帰っているかもしれぬ。……河野屋のことは大方察しがつく。帰ってきたその夜に、近くの料亭にあがることもあるが、家でくつろぐこともある。だが、その明くる日は商売がうまくいったと、芸者を揚げて派手に遊ぶのが常だ」

「それじゃ、とりあえず今日は様子を見るってことで……」

「様子は見るが、ゆっくりはしていられない」

「おっしゃるとおりで」

「お雪、ひょっとすると今夜にでも話をつけることになるかもしれねえ。肚づもりをしておけ」

半兵衛はお雪を振り返っていった。

「わたしはいつでもそのつもりさ」

頭巾で顔を覆っているお雪は、目許に余裕の笑みを浮かべた。

半兵衛も量蔵も例によって編笠を被っている。量蔵はどこかのお大尽というなりだが、半兵衛は浪人のなりだ。

雑司ヶ谷を出た三人は、人通りの多い町屋を避けて新川をめざした。

弦巻川から江戸川沿いに歩き、神田川に出たところで舟を拾って新川に向かった。

そして、新川河岸に着いた半兵衛は目を光らせた。

沖合からやってくる荷船が多い。しかも、その船のなかには○に河という印をつけたのがある。

帰ってきたんだな……。

そう確信した半兵衛は三ノ橋の向こうにきらめく大川を見た。

「量蔵、お雪。河野屋長十郎は帰ってきているはずだ」

そういって、荷船のことを話した。

「それじゃ、もう店のほうに……」

「たぶん……」

量蔵に応じた半兵衛は河野屋に目を注いだ。

「お雪、さりげなく河野屋のことを聞いてくるんだ。店に出入りしている人足にでも聞けばわかるはずだ」

「まかしておき……」

お雪が河野屋のほうに歩いてゆくと、半兵衛と量蔵は近くの茶店の縁台に腰をおろした。編笠は被ったままだ。

「もし、河野屋の旦那が戻ってきていたら、どうやって話をつけます?」

「どこか適当な船宿に席を設けよう。あまり目立たない船宿がいい」

そういう半兵衛には見当をつけている船宿があった。

「やつさえ呼び出すことができれば、もうこっちのものだ」

「うまくいきますかね」

「やるんだ」

そんなことを話しているとお雪が戻ってきた。

「どうだった?」

「つい半刻ほど前、店に帰ったらしいよ」

「よし、段取りをつけておこう」

半兵衛は縁台にお茶代を置いて、すっくと立ちあがり顔を引き締めた。

三

菊之助と次郎は三軒目の旅籠で、やっと量蔵らのことを聞きつけた。

伊佐次がいったように、鉄砲坂に近い音羽町五丁目にある寂(さび)れた商人宿だった。しかも表通りでなく裏通りの小さくて目立たない宿だ。

宿の亭主も女房もずいぶん年老いており、三人いる女中も似たり寄ったりで、とても商売がうまくいっているとは思えなかった。

「それは気前のいいお客様で、うちにとってはありがたい人たちでしたよ」

話を聞いている感じから、この宿のものは大和屋の詐欺事件には気づいていないようだった。

「何でも上方からご商売で見えたという話でしてね。さあ、遠慮なさらずに召しあがってください」

猿のようにしわの多い老け顔の亭主はそういって茶を勧める。

「それでいつごろまでこの宿にいた？」

「そうですね、ひと月も前だったでしょうか」

「いや、半月ほどだったんじゃありませんか、おまえさん」

女房が横から口を出し、そうだったかなと亭主はのんびり顔で天井を見あげる。

どうやら曖昧(あいまい)なようだ。

「それで何日ぐらい泊まっていた？」

「四、五日でしたよ。この町が気に入ったので、どこかに適当な家はないかと聞かれましたね。それならうちの家主に聞いて差しあげましょうと申した次第です」

「それで紹介したのかい？」

「いえ、出て行かれるとき雑司ヶ谷のほうにいい家があったからもういらないと」

「あんた、下高田村(しもたかだむら)といっていなかったかい」

女房が口を挟(はさ)んだ。

「そうだったかい。わたしゃ雑司ヶ谷と聞いたような気がするけどね」

「雑司ヶ谷のどのあたりか聞かなかったか？」

亭主は首を横に振った。

「それで、その三人はどんな様子だった？」

菊之助は相手の口を軽くするために心付けを渡した。

「……どんな様子といわれましても、何かと酒手をくださったりと親切な方たちでした」

「女の方はきれいな人でした。若いだけでもきれいなのに、肌がねえ……。そうそう、これをつけると若返ってしわが取れるんだといって、もらったものがありますよ」

女房はそういって、帳場横の茶箪笥の引き出しから一本の瓶を取りだした。

〝若美肌保水〟という、例のニセの化粧品だった。

「わたしゃもう、毎日つけているんですけどねえ。もっと早く知っていれば、こんなにしわくちゃにならなかったんでしょうけど……」

「他の二人はどうだった？」

話が長くなりそうなので、菊之助は遮った。答えたのは亭主だった。

「なにやら出たり入ったりされておりました。遊山(ゆさん)に行ってくるとおっしゃるのが常でしたが、若い痩せた方はご浪人のようでした」

「浪人……」

「はい。宿にいらっしゃる間は、どこぞの手代のように見えましたが、見えたときと出てゆかれたときは刀を腰に差しておいでで……」

菊之助と次郎は顔を見合わせた。

「その三人なんだがな。ひょっとしてこのものたちではなかったか……」

菊之助は初めて、三人の人相書を見せた。

亭主と女房はそれに顔を寄せたが、すぐに息を呑んだ顔になった。

「こ、これはどういうことで……」

「大塚町に大和屋という化粧屋がある。その店をまんまと騙し、金を持ち逃げした悪党だ」

「ヘッ、あの人たちが……」

亭主が目を丸くすれば、女房も驚いた顔になった。

まったく事件のことを耳にしていなかったようだ。刃傷沙汰や火事と違って、大和屋の噂は思ったほど広まっていないのだろう。

商人宿を出た菊之助と次郎は、大塚窪町のおてるの家に向かった。

「あの三人組は、雑司ヶ谷か下高田村のどこかにいるかもしれない」

「江戸を離れていなきゃの話でしょ」

「市中から出ていないことを祈るだけだ」

「でも、どうやって捜します。雑司ヶ谷ったって広いじゃありませんか」

うむと、菊之助はうなって遠くを見た。

一口で雑司ヶ谷といっても、護国寺から下落合のあたりまでの東西と、目白台から巣鴨付近まで南北の範囲に広がっている。もっとも、田畑がほとんどではあるが。それに下高田村が加わるから、考えただけでもため息が出る。

二人は音羽の通りから護国寺前の広道に出て富士見坂を登った。途中で大和屋を見たが、店は板戸を打ちつけられたままだった。借り手が現れるまで、そのままなのだろう。

坂を登ると右に折れて、伝通院に通じる小石川の通りに出た。近道をしたいところだが、この通りと音羽通りの間には、陸奥磐城平藩・安藤長門守の広大な屋敷がある。横切るわけにはいかないから迂回するしかない。

伊佐次が口にしたおてるの家は、高源院門前の茶店で聞くとすぐにわかった。

その茶店から少し先に行った天満宮脇の小さな小間物屋だった。店先で暇そうに煙草を呑んでいたのが、おてるの亭主だった。

「南町の手先のものだが、大和屋のお豊の件で、訊ねたいことがある」

菊之助は下手に警戒されるよりは正直にいったほうがいいと考えた。町方の手先と聞いた亭主は、慌てて煙管の火を落として立ちあがった。

「その、女房は床に伏せっているのでございますが」

「そう聞いている。長居はしないから、ちょっとだけ会わせてくれ」

亭主は菊之助の腰の刀と次郎を見てから、店の奥にある寝間に通してくれた。

おてるは伏してはおらず、寝床横にある書見台で本を読んでいるところだった。ただし、長患いをしているらしく顔色は青ざめ、痩せ細っていた。

「何でございましょう」

そういう声もか細かったし、咳き込みもした。肺を患っていると、心配顔の亭主がいい添えた。

「先にいっておくが、おれたちは伊佐次とお豊さんの味方なんだ」

おてるはほつれ髪を指先で後ろに送って、疑わしそうな目で首を傾けた。

「このことは二人とも内密にしてもらいたいが、守ってくれるか。そうでなければ、伊佐次とお豊夫婦を救うことができない。こんなことをいって、あの二人を捕まえようというのではない」

なおも、おてるは不審そうな顔をしていた。

「口外してもらっては困るが、伊佐次は無事だ。毎日お豊と娘おもとのことを心配し、会いたがっている」

「ほんとだよ。御番所の牢なんかにいるんじゃないんだ。ちゃんと畳の上で寝起きしているんだ。嘘じゃない」

次郎も必死に説得しようと言葉を足した。

「……それで何を？」

「大和屋の件は知っていると思うが、伊佐次からお豊と仲がよかったのは、おてるさんだと聞いた。だから訪ねてきたのだ」

「あの、どうして伊佐次さんはお豊ちゃんといっしょにいないのです？」

もっともな疑問だった。

菊之助は、伊佐次夫婦が別れ別れになった経緯を端的に話してやった。

「すると、お豊ちゃんとおもとちゃんは、今どこにいるのかわからないのですね」

「だから捜しているんだ。伊佐次はいざとなったら番所に申し出るといっている。

だが、その前に一目女房と子供に会いたいと必死なんだ。伊佐次から詳しく話を聞いたが、あの夫婦は口のうまいやつらにすっかり騙されただけなんだ。現に客から預かった金と、自分たちの出した支度金すべてを持ち逃げされている。もっとも、伊佐次とお豊にも落ち度はあるのだが、それでも悪いのは二人を騙したものたちだ」

「だから、おいらたちは、あの二人の身の潔白を証してやりたいんだ」

いつもの次郎と違って、吐く言葉には必死の思いがこもっている。

ようやく菊之助と次郎の真意が伝わったらしく、おてるの顔から人をあやしみ疑う色が薄れた。

「それで、何をお訊ねになりたいのでしょうか?」

「さっきもいったが、伊佐次は安全なところにいる。問題はお豊とおもとがどこにいるかなのだ。あの二人を騙したやつらに捕まっていれば捜しようがないが、無事であれば誰かを頼っているはずだ。伊佐次はおてるさんの名を口にしたが

……まさか……」

「わたしはこんな体ですし、それに家もご覧のように狭うございます。もっとも、わたしが元気なときに、お豊ちゃんが助けを求めてきたら、相談に乗っていると

思います」

「それじゃ、おとよが頼るとすれば、どこだろう？　久離願いが出されているので、親戚を頼ることはできないんだ」

おてるはあまり力のない目を、縁側の先に向けた。

庭の熟柿を食べに来ている目白が鳴いていた。おてるの亭主はそばに座って、両手を膝に置いたまま自分の妻の横顔を見ていた。

おてるは長い間外を向いていたが、やがて菊之助に顔を戻した。

「どうかわかりませんが、おかよちゃんという人がいます。以前、大和屋で奉公しており、お豊ちゃんともわたしとも仲のよかった人です。もし、わたしがお豊ちゃんだったら、おかよちゃんを頼るかもしれません」

おてるは思慮深い目で菊之助を見つめ、そして次郎を見て、言葉を足した。

「そのおかよちゃんは、伊佐次さんが婿にくる前に嫁いだので、伊佐次さんは知らないと思います」

「それで、そのおかよはどこに嫁いでいる？」

「千住の畳職人の家です。千住大橋の向こうだと聞いたことはありますが、それ以上詳しいことはわかりません」

おてるはむなしそうに首を振った。

「他にお豊が頼れるようなところはないか？」

おてるはまた遠い目をして考えたが、

「わたしが知るかぎりでは、他には思いあたりません」

「それじゃ、おかよの亭主の名はわかるか？」

「それも……」

おてるは首を振った。

菊之助と次郎はそれを機に腰をあげたが、部屋を出てゆこうとしたときに、おてるに呼び止められた。振り返ると、おてるが両手をついて、

「お豊ちゃんを助けてあげてくださいまし。わたしもあの人が他人様を騙すとは思っておりませんので……どうか、よろしくお願いします」

そういって頭を下げるおてるの目には、光るものがあった。

「菊さん、どうします？」

表に出てすぐ次郎が口を開いた。

「千住に行ってみよう」

菊之助はまだ明るい西の空を見ていった。

四

小網町三丁目の行徳河岸に、「鴨壱」という船宿がある。造作はその河岸では、さして大きくない並みの部類だろうが、船宿の主は金を握らせればたいがいのことには目をつぶり、そして口の堅い男だった。

半兵衛はその鴨壱の二階奥座敷に部屋を取った。ここは外に階段があり、店の戸口から入ってこなくてもいい造りにもなっている。半兵衛のいる部屋はその外階段のすぐそばだった。

「……大きな船がたくさん止まっていますな」

量蔵は窓の外を見ながらのんびり顔でいう。

船着き場には十五人から二十人乗りの「行徳船」という舟が舫われていた。桟橋に掲げられた提灯が、その舟をあわく照らしていた。

行徳船は日に六十隻ほどが、この行徳河岸から小名木川を上って辿り着く行徳船場を往復していた。行徳船場は東廻りの船が着く地で、そこで荷揚げされた物資が江戸へ回漕されていた。それらの船は、三里八町（約一二・七キロ）の行程を約半日かけて往き来していた。

「今夜はどうかな……」

半兵衛はのんびり顔の量蔵にはかまわず、行灯の明かりを見ながら独り言をつぶやく。取り引きは急ぐに越したことはない。長引けば手配されている手前面倒なことになる。

「お雪は遅いな……」

「じきやってくるでしょう」

量蔵がそばに戻ってきて腰をおろして茶を飲んだ。今夜の取り引きを考えて、酒は控えていた。

「今夜、会えればいいのだがな」

「そのときはどうされます？」

「河野屋長十郎をこの部屋に呼びつける。そうなったら、おれは隣の部屋に控える」

そのために、お雪用に隣の部屋も借り切っていた。

「今夜が駄目になったら明日ですな」

「何としても明日には話をつけてやる。そうでなきゃ、どうしようもねえ」

「長引くことも考えておいたがよいでしょう。交渉ごとや商いというものは往々にしてそういうものです」

「……腰の引けたことをいうものではない」

半兵衛は爪楊枝をくわえて、それを折った。

「でも、こっちに都合よくすんなり話ができるとはかぎりませんよ」

「いわれなくてもわかっている」

いちいちうるさいやつだと、半兵衛は内心で毒づいた。

「それで、段取りですが、すべてはわたしが話を進めるということでよいのですね」

「そうだ。だから事細かに河野屋の悪事を教えたんだ」

口達者であれば、自分で話を進めるところだが、半兵衛は駆け引きに自信がなかった。

河野屋長十郎の顔を見れば、話したいことの半分もいえなくなるだろうし、相手は海千山千の商人でもあり、言葉が巧みだ。話をはぐらかされでもしたら、その場で斬りつけてしまうかもしれない。そんな愚を避けるためにも、量蔵にまかせたほうが利口であった。

「しかし、三千両とは思い切ったことを半兵衛さんも考えたものです」

「相手はそれ相応の悪事を働いてやがるんだ。当然だろう」

「まあ、何もかもが表沙汰になれば、本人は死罪、店は取りつぶしでしょうからね」

「そういうことだ」

半兵衛は煙管に煙草を詰めはじめた。

「ただ、気になることがひとつある」

「何でございましょう」

量蔵はふくよかな顔を向けてくる。目尻に寄った小じわが、えもいわれぬ表情を作り、人に安心感を与えるのは、この男が天から授かった取り柄だろう。

「お雪のことがばれやしないかということだ」

「それはわたしも気になっていることでございます」

「人相書も出回っているからな。それを河野屋長十郎でなく、そのまわりにいるやつが気づいたら水の泡だ」

「そうなったらどうされます？」

「そうならないうちに、話をつけるだけだ」

「……大きな博奕ですな」

量蔵はまるで他人事みたいな口ぶりだ。

「賭けには勝たなくちゃならねえ」

半兵衛は火鉢の炭で煙管に火をつけて吹かしたが、外の階段に足音がしたので、吸い口をくわえたまま耳をすました。量蔵も体を固めた。

「お雪か……」

二人は階段口のほうに目を向けた。戸の開く音がして、お雪の声がした。

「帰ってきましたよ」

お雪は襖を開けると、頭巾を外した。

「どうだった？」

半兵衛は煙管の灰を落としてお雪を見る。

「今夜は駄目ですね。河野屋の旦那は家を出ないそうですよ」

チッと、半兵衛は舌打ちをした。

「それじゃ、明日ってことか……」

「仕方ないじゃありませんか。一日延びるだけなんだから」

「のんきなことをいうんじゃない。こっちは首がかかってるんだ。そのことを忘れるんじゃねえよ」

「あらら、おっかない」

お雪はひょいと肩をすくめて、頭巾をたたむ。

「こうなったら明日が勝負だ。なに、やつは明日は出歩く。どこへ行くか、おおよそ見当もつく。お雪、おれがいったとおり、ぬかりなくやるんだ」

半兵衛は真剣な目をお雪に向けた。

「わかってるわよ。だけど、大役なんだからね。あとで約束の金をしぶるようなことは御免こうむるわよ」

「人を疑うんじゃねえ」

五

秀蔵は町奉行所の同心詰所にいた。さっきから立ったり座ったりを繰り返し、五郎七の帰りを待っている。

落ち着かないのは、早く医者の話を聞きたいからである。

それは早川玄庵（はやかわげんあん）という浅草新鳥越町（しんとりごえちょう）に住まう町医で、何と大和屋伊佐次の女房と娘おもとを見たというのである。その報(しら)せがもたらされたのは、秀蔵が見廻りから帰ってきた夕刻のことだった。

「待乳山(まっちやま)そばの番屋にそう知らせたそうなんですが、詳しいことはよくわかりませんで……」

五郎七は人づてにその話を聞き込んでいた。

「知らせに来たその番屋の店番はどうした？」

「詳しいことがわかりませんので、帰しました」

「馬鹿もん！」

秀蔵は五郎七を一喝(いっかつ)して、式台(しきだい)を往ったり来たりして扇子(せんす)で首の後ろをたたきつづけた。

「五郎七、おまえがその番屋まで走るんだ。走って早川玄庵という医者を連れてこい。首根っこひっつかんでも連れてくるんだ。行け！」

もうそれからゆうに一刻は過ぎている。

南町奉行所から待乳山までは二里あまり。

足の速い五郎七なら一刻もかからず、行って帰ってくることができる。それがなかなか帰ってこないので、秀蔵はヤキモキしているのである。

「ええい、遅いのう」

思わず愚痴がこぼれて、胡坐をかいた。煙草盆を引き寄せたが、煙草を吸うわけではない。ぬるくなった出涸らしの茶を飲み、貧乏揺すりをした。

田村屋喜兵衛殺しの下手人捜しは、まったく進んでいなかった。それがなおさら秀蔵を苛立たせているのである。

考えるのは、田村屋喜兵衛殺しだけではない。余計なことをした菊之助のこともある。菊之助を問い詰めれば、伊佐次の居場所はあっさり突き止められる。だが、必死に伊佐次を弁護する菊之助の話を聞いてしまった手前、様子を見るしかなかった。

つい甘い顔をしたが、こっちはどうにかうまくまとめることができるだろう……。

そう高をくくっているのだが、肝心な殺しのほうが進まないので、ここ数日秀蔵の虫の居所はよくなかった。

「横山の旦那」

詰所の入口で声がした。やっと五郎七が帰ってきたのだ。

「遅かったではないか。それで、件の医者はどうした？」

「そこへ」

五郎七は顔をしかめて、後ろを見た。すぐそばに腰を抜かしたように座り込んでいる老人がいた。首をうなだれ、白い慈姑頭をふらふらさせている。

「酔ってるんです。捜すのに往生しまして……」

「ともかくなかに入れろ」

五郎七は酔っぱらいの老医師・早川玄庵を担ぐようにして、詰所の座敷にあげた。

「こちらはどちらで……?」

玄庵はうろんな目でまわりを見る。

「南町奉行所だ」

「へっ……」

秀蔵の声で、玄庵は目を丸くし、醒めた顔になった。

「先生よ。あんた、この女を見たんだな」

玄庵は秀蔵の開いた人相書をのぞき込んだ。

「はい、見ております。だから、うちのそばの番屋に話したんですが……」

「いいかい。この女の他に、この男たちはいなかったか? この女もそうだ」

それは大和屋の事件に絡む全員の人相書だった。

「いやあ、あたしゃこのお豊って女の娘を診ただけでございまして、ふう、申し訳ありませんが、水を一杯いただけませんか」

玄庵は酒臭い息を吐いてそういった。

「五郎七、持ってきてやれ」

玄庵は五郎七の持ってきた水を、さもうまそうに喉を鳴らしながら飲みほした。

「お豊を見たのはどこだ？」

「へえ、待乳山の裏に安っぽい木賃宿がございます。巴屋というんですが、その女の娘が麻疹にかかって熱を出しておりまして、それで診療した次第です。身なりはいいんですが、安宿に泊まるぐらいですから薬料を待ってやりましてね」

「それは親切なことを……で、その女はもうその宿にはいないんだな」

「薬料をもらいに行ったら、もう引き払ったあとでした。そんなことがなけりゃ、人相書には気づかなかったんでしょうが……」

「もう一度聞くが、他にお豊の仲間はいなかったんだな」

「いなかったはずです。いたとすれば、あの宿の亭主か女将がわたしに教えてくれるはずですから。それに、わたしは女の行き先も訊ねたんです。なにせ薬礼を取りそびれていますからね」

秀蔵の眉間にしわが寄った。

「宿のものはお豊の行き先を知っていたか？」

「いえ、何も知りませんでした」

「どっちに行ったか、そんなことも……」

「ええ、何も」

秀蔵は一気に目の前の医者から興味をなくした。だが、念のために五郎七に巴屋という木賃宿をあたらせることにした。

「先生にはご足労かけた。これは……取っておいてくれ」

玄庵の懐に心付けをねじ込むと、玄庵の老顔が笑み崩れた。

「こりゃどうも」

「先生よ。酒はほどほどにすることだな」

「へへ、わたしゃ医者の不養生を地で行っているようなもんで……」

欠けた歯を見せた玄庵は、五郎七と共に番所を出ていった。

見送った秀蔵は、暗い空を見あげてため息をついた。

新たな男が走り込んできたのは、今日は引きあげようと思い、詰所の刀掛けに手をやったときだった。

「横山さん、田村屋殺しに関わっているような不審な男が見つかりました」

同心詰所に駆け込んできたのは、定町廻り同心になり立ての日向金四郎という若い男だった。秀蔵は顔を引き締めて金四郎を振り返った。

「そいつはどこに？」

「通旅籠町の番屋に留め置いています」

「どうして田村屋殺しに関わっているとわかった。そいつがしゃべったか？」

「いえ、田村屋喜兵衛はたしか銀象嵌の煙管を盗まれていましたね」

「そうだ。雁首にひょっとこの絵をあしらったものと聞いている」

「そのひょっとこの絵をあしらった煙管を持っていやがったんです」

「何やつだ？」

「これが枕探し専門のけちな盗人でして、一刻ほど前、通旅籠町の吉野家という宿で騒ぎになって捕らえた次第です」

「でかしたな。よし、すぐその番屋に向かおう」

秀蔵は金四郎を従えて南町奉行所を出た。

雲の多い晩で、提灯を提げないと足許がよく見えなかった。

「枕探し専門といったが、なぜそうだとわかった？」

秀蔵は数寄屋橋を渡りながら聞いた。

「入れ墨をしておりますので、問い詰めるとそういうことでした。卯三郎という名でして、人別帳を見れば過去はすぐに洗えるはずです」

「田村屋喜兵衛殺しについて、何かいっているのか？」

「知らぬ存ぜぬです」

秀蔵はきりりと口を引き結ぶと、前方の暗い闇に、光る双眸を向けた。

六

遊び疲れたのか、おもとは遅めの夕餉を食べ終えると、布団に倒れ込むようにして横になるや、すうすうと気持ちよさそうな寝息を立てた。

お豊はそんな幸せそうな娘の寝顔を見ると、何とも切なくなる。それに自分をすっかり信用してあの化粧品に金を出した町の人たちのことを思うと、錐を突き立てられたように胸が痛む。

そんなつもりではなかった、量蔵という男たちの口車にうまくのせられて、騙されてしまった。そんな言い訳が立たないのはわかっている。

それでも、何とかわかってほしいという思いがある。

風が強くなったらしく、雨戸がカタカタと音を立てた。

毎日何をするわけではないが、あれこれ思い悩むことがあり、それに人相書が出回っていることを知って以来、体の芯に澱（おり）のような疲れを感じている。

「とう……」

ふいにおもとが寝言をいった。見ると、むにゃむにゃと口を動かして、寝返りを打った。お豊はそっと布団をかけ直してやった。

「……とうちゃん……とうちゃ……」

おもとの再びの寝言に、お豊ははっとなり、胸を詰まらせた。普段は何も気にしていないように遊びほうけているが、そのじつ会えない父親のことを思っているのだ。

お豊の両目の縁に涙が浮かんだ。自分たちが至らなかったばかりに、この子にも不憫（ふびん）な思いをさせている。

「……ごめんね」

そういった矢先にこぼれた涙が、畳に音を立てて落ちた。

夫は今ごろどこで何をしているのだろうか？　ともかく無事であってほしい。

そう願うばかりである。涙を指先でぬぐい、寝間着に着替え、行灯を消そうとしたとき、廊下からおかよの声がした。

「お豊さん、ちょっといい？」

「どうぞ」

お豊は障子を開けて、おかよを招き入れた。

「今、下であの人と話をしていたんだけどね」

おかよは何かいいづらそうな顔をした。

「わたしも気になっているんだ」

「……」

「この先どうしたらいいんだろうって……そりゃ、お豊さんもいろいろ考えているとは思うんだけどね」

「おかよさん、いいたいことがあったらハッキリいって。迷惑かけているのはこっちなんだから」

「うん……」

おかよは寝息を立てているおもとを見てから、

「町方がこっちまで捜しに来るとは思わないんだけど、いつまでもこのままではいけないと思うのよ。そりゃ、いざとなれば何とか力になってあげたいけれど……」

「おかよさん、十分わかっているわ」

「伊佐次さんのことも心配でしょうし。どうしたらいいかと思って……うちの人もあの人相書を見てから、何か考えなきゃといっているのよ」

「それはもう、わたしも……」

お豊は声を詰まらせた。おかよを頼って来たのはいいが、結局迷惑をかけている。それなのに、おかよ夫婦は親切を惜しまない。そのことが嬉しくて、また、心苦しかった。だが、今のお豊には、何をどうしていいか心の整理がついていなかった。

「お豊さん、そんな顔しないで、何も責めているわけじゃないんだから」

そういうおかよを、お豊は涙のたまった目で見つめた。

「ひとつだけ、わがままを聞いてもらえないかしら。これを最後にしたいから」

「何を？」

おかよは小首をかしげた。

「うちの人がどうなっているか知りたいの。もし、捕まっているのなら、それはそれであきらめがつくから」

「もし、そうだったらどうするの？」

聞かれたお豊は、おもとの寝顔を見てから顔を戻した。

「この子をひとりにするわけにはいかないので、どこか遠くに逃げようと思うの。そりゃ、町の人には申し訳ないけど……」

お豊は唇を嚙んだ。

「それじゃ、伊佐次さんが捕まっていなかったら……」

「一目会いたい。ただ、それだけ……」

思わず涙がこぼれた。

そのとき階下から話し声が聞こえてきた。誰か客が来たようだ。

「ほんとに、おかよさんと勇吉さんには迷惑ばかりかけて……ごめんね」

「そんなことはどうでもいいの。お豊さん、ほんとにわたしたちは力になってあげたいだけだから」

おかよはお豊の肩に手を置いて勇気づけるようにいった。

「ありがとう、ほんとにありがとう……」

お豊が嗚咽を抑えるために口に手をあてたとき、階段口で勇吉の低く抑えた声がした。それから部屋の前まで足音を忍ばせてきて、

「ちょっといいかい。開けるよ」

障子が開いて、勇吉の強ばった顔がのぞいた。

「お豊さんに人が訪ねてきているんだけどね」

お豊は、もしや町方ではないかという恐怖に、顔をそそけだたせた。

「どんな人なの？」

おかよが勇吉に訊ねた。

「三人いるんだけどね、町方には見えないんだ」

「何だと名乗っているんだい？」

「詳しいことはあとにしてくれっていうんだ。何でも急いでいるふうでね」

「……それで何と返事したんだい？」

「それが、相手はここにお豊さんがいるのを知ってるような口ぶりなんだ。どうにも誤魔化しが利きそうにないから、行き先を女房に聞いてくるといっておいたんだが……」

おかよと勇吉は、同時にお豊を見た。

「いいわ。町方ではないのでしょう。出てみるわ」

「大丈夫？」

腰をあげたお豊に、おかよが心配そうに声をかけた。

「……何かあったら、おもとをお願いします」

お豊はそういって部屋を出た。無理しなくていいんだよと、勇吉のささやき声が追いかけてきた。

お豊は逃げだしたい心境だった。階段を一段下りるごとに、足が震えてきた。もし町方だったら、ここで縄を打たれるのだろうか？　そのあとは牢に押し込められ……その先を考えると、あまりの恐怖に気を失いそうだった。

戸口の前に来て息を呑み、胸を押さえた。それからそっと框を下りて下駄を突っかけ、引き戸に手をかけた。とたん、その戸が勢いよく横に開いた。

目の前に男が立っていた。

「やっぱりそうだったか。やい、お豊、観念するんだぜ」

男はそういうなり、お豊の肩をつかみ、片手を後ろ手にひねりあげた。

「何をするんです！　やめてください！」

「おい、伊佐次がいるかもしれねえ、捜すんだ！」

その声で、戸口の外にいた二人の男たちが家のなかに押し入ってきた。

「やめて！　やめてください！」

お豊は声をかぎりに叫んだつもりだったが、途中で男の手で口を塞がれてしまった。

ひとりの男が階段を荒々しく駆け上っていった。

手をひねりあげられたお豊は、体をよじりながら必死に助けを求めたが、その口は塞がれたままでどうすることもできなかった。

第六章　美人局（つつもたせ）

一

「見過ごしてしまったんだな」

　菊之助は足を急がせながら、宿場の大通りから左に折れた。川沿いに少し行ったところに勇吉という畳職人の家があるという。女房の名前はおかよだと聞いたので、もう間違いないはずだった。

「これで五軒目ですよ。もし違ったら、どうします」

「そうだな、明日出直すしかないかな……だが、そうならないことを祈るばかりだ」

　あまりにも暗い夜なので、途中で仕入れた提灯を次郎に持たせていた。

宵五つ（午後八時）を過ぎたばかりだが、町屋の明かりは少ない。

菊之助と次郎は夕方からおかよの家を探していたが、見当違いの方角に行ってしまい往生していた。

「豆腐屋から五軒先だといっていたな」

「その先でしょう」

次郎がそばにある豆腐屋の看板を提灯でたしかめてからいった。

人通りはまったくなく、犬の遠吠えが空にこだましていた。

二人は町屋が切れかかったところで足を止めた。

畳職人の家を表す看板は見あたらないが、

「この家に違いないだろう」

菊之助は戸口の前に立った。次郎が提灯であたりをかざし見た。

「おい、妙なことするんじゃねえぜ」

その声は菊之助が声をかけようとしたときに聞こえてきた。戸を叩こうとした菊之助は、途中で手を止めて次郎を見た。

「伊佐次はどこだ？　どこに隠れてやがる」

また、男の声がした。

「やめてください。ほんとに何も知らないんです」

「ふざけるな！　おれたちを甘く見るんじゃねえ」

怒鳴り声といっしょにものの割れる音がした。

直後、子供の泣き声が湧きあがった。

「うるせー！　子供を黙らせろ！」

菊之助は刀の柄に手をやり、口を引き結んだ。

「次郎、下がっていろ。何があっても下手な手出しはするな」

「で、でも……」

「いいから下がれ」

次郎がおずおずと下がっていくと、菊之助は戸口に手をかけた。その戸が横に勢いよく開いたのは、まさにその瞬間だった。

女の手をつかんだ男が目の前に立っていたが、相手は菊之助を見て一瞬ぎょっと目を剝いた。

「何だてめえは？　どきやがれ！」

男は空いている手で、菊之助の肩を突こうとしたが、かわされて空をつかんだ。

「何もんだ？」

「何もんだと！　てめえこそ何もんだ、邪魔しやがると痛い目にあうぜ」

男の後ろには二人の男がいた。いずれも浪人の風体だ。

土間横の座敷で男と女、そして三人の子供が震えていた。

「助けてください！　人さらいです！」

「何だと、ふざけたことをいいやがって！」

助けを求めた男を、ひとりの浪人が殴りつけた。菊之助は下腹に力を入れて、目の前の男をにらんだ。

「女を放してもらおうか」

そういって女の手をつかもうとしたが、男はその女を突き飛ばした。

「お豊さん！」

背後で悲鳴がした。突き飛ばされ、家の前に転んだのがお豊なのだ。

「てめえ、邪魔をしようってんなら容赦しねえ」

男は刀を抜いて、表に出てきた。

菊之助はそのまま後ろに下がった。

「誰の差し金だ？」

「何を小癪なことをいいやがる。ええい、問答無用だ」

男は大刀を振りまわした。ビュッと、風切り音がした。菊之助は半歩下がってかわし、横に動いた。

「何ものか知らないが、おれは……」

そこまでいって菊之助は口をつぐんだ。町方の手先だといおうとしたのだが、それはまずいと思ったのだ。

「怪我したくなかったら、邪魔するんじゃねえ！」

男は横殴りに刀を払った。

菊之助は身軽に下がった。

相手は脅しているだけで、本気で斬ろうとしているのではない。だが、仲間の二人も菊之助を囲むように動いて刀を抜いた。

「菊さん」

次郎の慌てた声がしたが、かまわなかった。

「女は預かる。おとなしく帰ってくれないか」

菊之助は相手を諭すように、静かにいった。

「てめえ、なめてやがるな。ようし、こうなったら……」

男の体に殺気がみなぎった。

「かまうことはねえ、罪人を庇い立てするようなやつだ。斬っちまえ」

男のその声と同時に、右にいた男が斬りかかってきた。菊之助は俊敏に半身をひねってかわし、自分の前を行き過ぎる男の尻を蹴飛ばした。

男はそのままたたらを踏んで、前につんのめって倒れた。転瞬、菊之助の体は横に素早く動き、抜刀するや正面に立っていた男の手首をしたたかに打った。峰打ちである。

「うっ」

男の手から刀がこぼれ、片膝を突いてうめいた。

「や、野郎……」

手首を押さえながらも刀を拾おうとしたが、うまく握れないでいる。菊之助は残るひとりと対峙した。腰を十分に据え、青眼に構えて相手をにらむ。暗がりなので、互いの顔はよく見えない。

じりっと足を踏み出すと、相手は恐れをなしたように一歩後退した。

「たあっ」

気合いを入れて刀を上段に振りあげると、相手はさらに下がりつまずきそうになった。

「どうした？　かかってこられないのか」

誘ってやると、相手は一歩足を踏み込んできたが、菊之助の刀が動くのを見て背中を見せて遁走した。

「なめんじゃねえぞ！」

背後で次郎の声がした。振り返ると、菊之助に尻を蹴飛ばされた男が、いつの間にか薪ざっぽうを手にした次郎に、肩や腕を殴りつけられていた。

菊之助に手首を打ちたたかれた男は、刀を拾って後ずさりながら、

「野郎覚えてやがれ」

と、捨て科白（ぜりふ）を吐いて逃げた。

次郎にたたかれていた男も、あとを追って逃げていった。

二

「それじゃ、あの人は無事なんですね」

次郎の実家に伊佐次がかくまわれていることを知ったお豊は、胸に手をあて安堵の吐息をついた。

「伊佐次も、お豊さんと娘のことを案じていた。無事で何よりだった」

「押し込まれたときはどうなることやらと肝を冷やしましたが、お陰で怪我もなくすんで助かりました。おかよ、おまえも礼をいわないか」

「いや、そんなことはどうでもいい」

菊之助は勇吉を遮って、お豊に顔を向けた。そばにいる娘のおもとは、よほど怖かったのか今でもおびえた目をして、母親の腕にしがみついている。

「さっきのものたちに心当たりは？」

お豊は不安のいりまじった目をしばたたき、

「おそらく、わたしにお金を預けた人の誰かが差し向けたのだと思います。やくざを使ってでも金を取り返すと脅されたことがありましたので……」

「そうか……」

菊之助は静かに茶を飲んで言葉を継いだ。

「また来ないともかぎらないから、どこか別のところに移ったがよいな。勇吉さん、いい知恵はないか？」

「それなら、宿場の途中に源長寺という寺があります。あそこの住職は話のわかる人なので力になってくれるはずです」

「寺か……いいかもしれない。それなら早速頼んでみてくれないか」

「これからですか？」

「もちろんだ。さっきのものたちに寝込みでも襲われたらことだ」

「それならわたしも……」

おかよもいっしょに行くといった。

「それがいいだろう。娘たちも連れて行くべきだ」

「あのそれで、うちの人には会えるんでしょうか……」

お豊が心細そうな顔を向けてきた。

「無論、会える。明日にも寺のほうに連れてゆくことにする」

「お願いいたします」

お豊は両手をついて深々と頭を下げた。

全員でおかよの家を出たのはそれからすぐだった。提灯を持った勇吉が子供の手を引いて道案内をした。次郎はしんがりについて、さっきのものたちが尾けていないか目を皿にしていた。

宿場の通りはひっそりしていたが、それでもいくつかの小料理屋は暖簾を下ろさず営業中であった。この通りは日光道中、佐倉街道、水戸街道に通じているので、昼間は多数の人馬や荷車が行き交っている。

源長寺は千住大橋の北から五町も行かないところにあった。同寺は千住七福神のひとつで阿弥陀如来を祀ってある。

勇吉がいったように、寺の住職は夜分の訪いにもかかわらず、いやな顔ひとつせず理解を示すと、本堂奥の座敷にお豊とおもと、そしておかよと二人の娘を預かってくれた。

「ほんとに家に戻るのか？」

菊之助は勇吉を見て聞いた。

「家を守るのは男の仕事です。それに、やつらがまたやってきたとしても、白を切りとおせばよいだけのことです」

「それなら、おれたちに連れてゆかれたといえばいいだろう。乱暴をするようだったら逃げたほうがいいが、大丈夫だろうな」

「二階で寝起きすることにします。いざとなったら屋根づたいに逃げます」

「おまえさん、無理しなくてもいいんだよ」

おかよが不安そうな顔でいったが、勇吉は気丈だった。

「ともかく明日、伊佐次を連れてくる。先のことはそれから話せばいいだろう」

菊之助と次郎が千住をあとにしたのは、夜四つ（午後十時）になろうとするところだった。濃い闇夜の晩で、空一面が雲に覆われていた。

朝から歩き詰めなので、さすがに疲れていた。歩いて帰る気もせず、菊之助は千住大橋のたもとで猪牙舟（ちょきぶね）をたのんだ。船頭は人の足許を見て舟賃を吹っかけたが、甘んじて受けることにした。

舟の舳先（へさき）につけられた提灯が、かきわける水を照らし、川縁（かわべり）にある薄（すすき）の白い穂を見せていた。

「やつら、また来ますかね……」

舟が流れに乗ったところで次郎が聞いた。

「わからんが、簡単にあきらめはしないだろう。誰が頼んだのか知らないが、金を取り戻すために必死なんだ」

「あいつらのことは放っておいていいんですか？」

「あえて捜すことはないだろう。それに顔もろくにわからない」

暗がりであったので、相手の顔を十分に見ることができなかった。それは先方も同じはずだ。

「ところで菊さん」

「なんだ?」

「横山の旦那にいわれていることはどうします?」

「そうなんだ……」

菊之助は腕を組んで、彼方の闇に目を向けた。

量蔵と半兵衛、そしてお雪……。

雑司ヶ谷か下高田村に潜伏しているのか……。何としても捜しださなければならない。そうでなければ伊佐次夫婦を救うことはできないのだ。

「次郎、明日伊佐次を源長寺に連れて行ったら、その足で雑司ヶ谷に行こう」

「へい、それじゃ明日は早く出たほうがいいですね」

菊之助は黙ってうなずいた。

三

秀蔵はその朝早く、八丁堀の組屋敷を出た。

小者ひとりと甚太郎を従えていた。いつもついている五郎七は、卯三郎の持っていた銀煙管が殺された喜兵衛のものであるかどうかをたしかめるために、四谷の田村屋に走らせている。

朝日が秀蔵の色白の顔にあたっていた。

取り調べに手こずっているので寝不足なのだが、端整な秀蔵の顔はいつもと変わらず涼しげである。

昨夜は雲が多かったが、夜のうちに雲が風に払われたらしく、抜けるような青空が広がっていた。秀蔵は黒紋付きの羽織の裾を帯に挟み込んでいる。着物の裾は足を動かすたびに割れて裏地が粋にのぞく。

背の高い秀蔵は颯爽と歩くが、そのじつ心中で切歯扼腕していた。

昨夜捕まった枕探しの卯三郎が、しぶといからである。のらりくらりと話をはぐらかし、肝心なところにくるとだんまりを決め込む。

昨夕、卯三郎は通旅籠町の吉野家という宿に入り、昼過ぎから酒を飲んで寝込んだ行商の泊まり客の部屋に入り込み、枕元の荷をあさっていたが、そこへその客のつれが帰ってきて取り押さえられていた。

そのつれも在の行商人だったのだが、田舎相撲で関脇になったぐらいの大男で卯三郎は抵抗の術もなかったという。

今日は、なんとしてでもあの男の口を割らせる。

卯三郎を留め置いている番屋に向かう秀蔵は、意気込んでいた。

それからもうひとつ気になっていることがある。昨夜、五郎七を待乳山裏の木賃宿に走らせたが、老医師・早川玄庵がいったとおり、お豊とおもとが泊まっていたことが判明していた。

そのことを菊之助に知らせようと、五郎七を高砂町の裏店に走らせたが、留守で会えなかったという。

「甚太郎」

「へい」

「菊之助を呼んでこい。おれは番屋で卯三郎の調べをやっている」

「承知しやした」

江戸橋を渡りきったところだった。小気味よい返事をした甚太郎は、そのまま荒布橋(あらめ)を駆けていった。

秀蔵は本船町(ほんふなちょう)を抜けて通旅籠町に向かった。

「旦那、いい加減にしてくださいよ。おれは何も盗っちゃいないんだから。このとおりもう二度とやりませんので」

秀蔵が番屋に入るなり、卯三郎がそんなことをいってきた。

「甘えたことをいうんじゃねえ。おれが他の同心と違うってことをいやってほどわからせてやる。覚悟してやがれ」

「お願いです。ほんとにもう二度とやりませんので……」

卯三郎は汚いみそっ歯を見せて頭を下げまくったが、秀蔵は取り合わなかった。店番が淹れてくれた茶をゆっくり飲み、考えをめぐらす。

番屋は、「自身番」と書かれた引き違いの腰高障子を入ると、半畳ほどの土間がありその先に式台がある。土間横には町内の火消し道具が置かれ、戸口横の駒つなぎ柵には突棒(つくぼう)や刺叉(さすまた)などの捕り物道具が保管されている。

式台をあがったところが、秀蔵のいる畳敷きの居間だ。膝隠しの衝立(ついたて)のそばに、茶道具や煙草盆、火鉢が置かれ、隅に書役(かきやく)の文机(ふづくえ)が置いてある。一方の壁には町内の提灯が掛かっている。その居間の奥に板の間があり、疑わしい者をつなぎ止める鎖があった。

卯三郎は常習の枕探しであっても、盗みに失敗し、行商の客を脅したわけでも怪我をさせたわけでもないから、大目に見てやることもできた。

だが、今度ばかりはそうはいかない。殺された田村屋喜兵衛のものと思われる、銀煙管を持っていたのだ。

「旦那、いい加減に勘弁してくださいよ」

卯三郎が鎖をじゃらじゃらいわせ、弱り切った顔を向けてくる。

秀蔵はゆっくり茶を飲みほすと、店番にもう一杯茶を所望し、煙管に火をつけた。それからゆるりと腰をあげ、卯三郎の前にしゃがみ込み、吸った煙を顔に吹きつけてやった。

「いいか、卯三郎。もし、あの煙管が田村屋喜兵衛のものだったら、首がないと思え」

「ですから、その田村屋とか何とかって、あっしは何もわからないんですよ。あれは拾ったもんですから……」

秀蔵はじっと卯三郎の目をにらみながら、煙管の柄を首筋にあてててやった。

「てめえは昨夜、おれのものだといいやがった。その舌の根も乾かねえうちに、人からもらったといった。最後には拾ったとぬかしやがる。……信用なんかできねえだろう」

「昨日は旦那がおっかなくって頭がどうかしていたんです」

「ほざけ。それに、てめえは仕事もしてねえくせに、やけに金を持ってやがる。博奕(ばくち)で勝ったというが、どうもそうは思えねえ」

秀蔵はもう一度煙草の煙を吐きかけてやった。卯三郎の懐にあった財布には十両近い金が入っていた。秀蔵にはそれも納得のいかないことだった。

「まあ、いい。おまえの嘘を今に何もかもあからさまにしてやる」

「そんな、おれは……」

ギッと目に力を入れてにらみ据えると、卯三郎は口を閉じた。

「ひとつだけいいことを教えてやる。おれを手こずらせねえで、ここで何もかも正直に白状すれば、大目に見てやることもできるんだ」

秀蔵は、卯三郎の目に迷いの色が浮かんだのを見逃さなかった。

「素直に白状したが身のためなんだぜ。……どうするよ」

卯三郎はうつむいた。また、だんまりかもしれないが、しばらくすれば音(ね)を上げるかもしれない。秀蔵は冷めた目で、

「いいたくなきゃいわなくてもいいさ。どうせ、その口はぺらぺら動くようになるんだ」

元のところに戻って、また茶を飲んだ。

戸口に朝の光が溢(あふ)れており、雀のさえずりが聞こえていた。

菊之助の長屋に向かわせた甚太郎がやってきたのは、それから間もなくのこと

だった。

「やつはどうした？」

「へえ、それが朝早く次郎といっしょに出かけたらしいんです。どこへ行ったか行き先はわかりませんで……」

秀蔵は顎をさすって表に目を向けた。菊之助は指図どおりに動いているのだろう。それならそれで仕方ない。いずれにしても、お豊の行方はわからないのだ。

「日が暮れる前に、もう一度行ってもらうか。茶でも飲んで休んでいろ」

「やつは……」

甚太郎は奥につながれている卯三郎を目顔で示した。秀蔵は何もしゃべらないと、首を横に振った。

四谷に行っていた五郎七がやってきたのは、それから半刻（一時間）後のことだった。

噴き出る汗をぬぐいながら番屋に駆け込んできた五郎七は、息を整えるのももどかしそうに、わかりましたといった。

「田村屋のものだったのだな」

「間違いないと内儀も倅も、そして店のものも口を揃えました」

聞いた秀蔵の表情が厳しくなった。

さっと立ちあがり、卯三郎を振り向いた。

「枕探しの卯三郎、観念しやがれ。これよりおめえを大番屋に移し、みっちりとしごいてやる。もう、嘘はつけねえぜ」

卯三郎の顔が強ばり、血の気が失せるのがわかった。

「五郎七、甚太郎。やつを大番屋に引っ立てろ」

秀蔵は声を張って、羽織の袖をさっとひるがえして雪駄に足を通した。

四

舟は大川をゆっくり上っていった。

船頭が川底に棹を突き立てるごとに、舳先が波をかきわける。

両岸に群生している薄が日の光にまぶしく輝いていた。

舳先近くに座り、船縁をつかんでいる伊佐次は、じっと上流に目を注ぎつづけていた。

舟のなかほどに菊之助が座り、その後ろに次郎が控えていた。

「おまえのおっかさんの口は大丈夫だろうな」

菊之助は次郎を振り返った。

「よくいい聞かせましたから大丈夫ですよ。もし、漏らしでもしたら自分の倅もとばっちりを食らうことになりますからね」

「ならいいが……」

菊之助は前を向いた。

次郎の家に伊佐次を連れにゆくと、次郎の母親おこうが駆け寄ってきて、手配の人相書を見たといった。今朝方、野暮用で近くの番屋に行った折、それに気づいて肝を冷やしたらしい。

次郎が長々と話をした末に、一応わかってはくれたが、それでも不安げな様子だった。もっとも、次郎がおこうを諭しているから、番屋に駆け込むことはないだろう。

舟は新綾瀬川（しんあやせがわ）の河口にあたる鐘ヶ淵（かねがふち）のそばに差しかかっていた。このあたりから隅田川は荒川と名を変え、大きく左に回り込むように蛇行する。

右頬に朝日を受けていたが、今は太陽に背中を向ける恰好になった。もう千住大橋の船着き場まで半里もない。

「伊佐次、もうすぐだ」

声をかけると、伊佐次が振り向いて「へえ」と頭を下げた。相変わらず暗い顔をしているが、わずかな安堵の色もある。

下りの舟がすべるような勢いでそばを通り過ぎていった。

船着き場に着いたのは、それから間もなくのことだった。三人は舟を降りると、まっすぐ源長寺に向かった。

宿場の通りは昨夜とは違い、大にぎわいだ。

旅装束(たびしょうぞく)の武士もいれば、振り分け荷物を担いだ女もいる。人足や職人が行き交い、両側に並ぶ商家の女が客を引くために声をあげている。

「もうそこだ」

菊之助は伊佐次に山門を示した。にわかに伊佐次の頬がゆるんだ。

参道の両側の木立から鳥たちの囀(さえず)りが聞こえてくる。

本堂前で掃き掃除をしていた寺の小僧が、菊之助たちに気づくと、作業の手を止め、ついで本堂奥に走ってゆき、「みえましたよ！」と声を張った。

石畳を進んでゆくと、本堂脇におもとの手を引いたお豊が現れた。その背後におかよと二人の娘。

伊佐次が足を止めた。

「とうちゃん！」

おもとは声をあげると同時に走りだした。

「とうちゃん、とうちゃん、とうちゃん！」

歓喜の声をあげながら駆けてきたおもとは、腰を落とし片膝をついた伊佐次の胸に飛び込んだ。伊佐次はひっしと我が子を抱きしめる。

「あんた……」

そばに寄ってきたお豊と伊佐次が見つめ合った。

「……無事だったのね」

伊佐次はうんうんとうなずき、菊之助と次郎を振り返った。

「何もかも荒金さんと次郎さんのお陰だ。おまえたちも世話になったらしいな」

おもとはよほど嬉しいのか、「とうちゃん、とうちゃん」とはしゃぎ声をあげる。

「昨夜はやくざに連れ去られそうになったんだってな」

「荒金さんたちが見えなければ、今ごろどうなっていたか……」

お豊は感極まったらしく、目に涙を浮かべた。

住職が渡り廊下に立って、伊佐次たちを見ていた。

「ともかく落ち着いて話をしたほうがいいだろう」

菊之助は伊佐次たちを促した。

全員で本堂奥の座敷に移ると、しばらく伊佐次とお豊に話をさせた。

「それじゃ、田村屋の旦那様が力を貸してくださったのね」

「そうなのだが……」

伊佐次は田村屋喜兵衛の援助で源助店に家を借りたところまで話して、やるせなさそうに首を振った。

「何かあったの？」

お豊は大きく目を瞠って訊ねる。

「何があったかわからないが、旦那さんは何ものかに殺されちまったんだ」

お豊は、はっと息を呑んで、手で口を塞いだ。

「……どうして、そんなことが……まさか、わたしたちのせいじゃないでしょうね」

「そんなことはないはずだ」

菊之助が声を割り込ませた。

「町方が下手人を必死で捜している。いずれはっきりするはずだ。それよりこれからのことだ」

菊之助は伊佐次夫婦を見た。二人とも表情を硬くした。

「家族がこうやって顔を合わせられたのはよかった。だが、大事なのはこれからだ。おれたちが口を挟むのもなんだ、先のことを二人でよく話し合うことだ」

そういったあとで、菊之助はおかよを見た。

「勇吉さんはどうした？　今朝は来なかったのか？」

「いえ、朝早くやってきまして、何もなかったということでした。あの人は仕事があるからと帰って行きましたが……」

「そうか、それならいいだろう。だが、用心のためにおかよさんは、二、三日ここで様子を見たほうがいいと思うが……」

「うちの人もそういってくれました。もうご住職にも話をしてあります」

「なによりだ」

菊之助は茶を飲んだ。

部屋の隅で伊佐次とお豊が顔をつき合わせて話し込んでいた。

「菊さん、どうするんです？」

次郎がそばに来て耳許で聞く。

「まずは二人に決めさせることだ。おれたちが口を挟むのは早い」

「そうですね」

木立のなかで鳴き騒ぐ鳥たちの声があるぐらいで、寺は静かだった。さっきまで小僧が廊下に雑巾（ぞうきん）掛けをしながらこっちのことを気にしていたが、もうその姿はなかった。

おもとは父親と再会できたことに心底安心したのか、もうおかよの娘たちと無邪気な声をあげて遊んでいた。

甲高（かんだか）い百舌（もず）の声がしたとき、伊佐次とお豊が菊之助のそばにやってきた。

菊之助は二人を静かに見た。

「よく話しまして、しばらくこちらで様子を見ることにしました」

「…………」

「ひと月は無理でしょうが、せめて十日の猶予（ゆうよ）をいただきとう存じます。それが過ぎれば、わたしひとりで御番所に出向くことにします」

「お豊さんはどうする？」

「娘がおります。まだ四つですから、みなし児にするわけにはまいりません。十日の後にはどこかわかりませんが、江戸を離れさせます」

菊之助は黙ってお豊を見た。

「どんなことになろうと、娘だけはなんとか育てなければなりません。いけないことだというのは十分わかっているつもりですが……」

お豊は唇を引き結び、膝に置いた手を握りしめた。

「それが母親というものだろう。……わかった。それでいいだろう」

お豊の顔にほっと安堵の色が浮かんだ。

「ほんとは家族揃って、このまま逃げるというのではないかと案じていたんだ。もし、そんなことをいったら、説教しなければならなかった」

「申し訳ございません」

「謝ることなんかない。ともかく十日だ。そう決めたからには、おれも次郎も気を引き締めて動くことにする。なんとしても量蔵らを捕まえてみせる」

「もう、頼るのは荒金さんだけです。どうか、よろしくお願いいたします」

伊佐次が頭を下げると、お豊もそれにならった。

「だが、変な気は起こすな。もしここから逃げたら、おれも次郎も勘弁しねえ。わかっているな」

「もう、十分に。決して逃げるようなことはいたしません。約束いたします」

菊之助はじっと伊佐次の目を見つめた。その目に曇りはなかった。肚はくくっているようだ。

「今の言葉忘れるな」

「はい」

伊佐次は深く頭（こうべ）を垂れた。

それにはかまわず菊之助は腰をあげて、次郎を促した。だが、座敷を出るところでふと立ち止まり、

「伊佐次、ちょっと」

すぐに伊佐次がやってきた。廊下に連れだすと、

「これを取っておけ。何かと物入りだろう。寺への礼もいる」

出がけに用意していた金包みを渡すと、伊佐次は拒んだ。

「ここまでしていただかなくとも、もう十分でございます。それに、田村屋の旦那様から預かっている金があります」

「あれはいずれ香典に返すものだ。いいから取っておけ」

菊之助は無理矢理に押しつけると、さっさと座敷を離れた。その後ろ姿に、伊

佐次が目に浮かぶ涙をこすりながら、深々と頭を下げていた。

「雑司ヶ谷に行くんですね」

山門を出ながら次郎が肩を並べた。

「そうだ」

「でも、どうやって探します？」

「おまえが家を探すとしたらどうする？　それを考えればいいだろう」

五

南茅場町(みなみかやばちょう)にある大番屋の牢問蔵(ろうどいぐら)からは、もう何度も苦しそうなうめき声が漏れていた。秀蔵はその部屋に卯三郎を押し込むと、容赦しなかった。

「おまえは見かけによらずなかなかしぶといな。この拷問に耐える裏には、よほどのことがあるに違いねえ。ええ、そうじゃねえか……」

そういう秀蔵も息があがっていた。片肌脱ぎになった白い肌には汗が光っていた。

責められる卯三郎は諸肌(もろはだ)を脱がせられ、太縄で後ろ手にきつく締めつけられている。剝き出しの肌には鞭叩きによる紫色のミミズ腫れが無数に走っていた。

通常は蔵のなかに大番屋詰めの下男を入れて拷問の手伝いをさせるが、今回は秀蔵ひとりで行っていた。

「さあ、いい加減白状しねえか」

秀蔵は卯三郎の顎を持ちあげてにらんだ。

卯三郎は苦痛に顔をゆがめながら、奥歯を嚙みしめている。その額に浮かぶ脂汗が頰をつたい、顎からしたたり落ちている。

「てめえが田村屋喜兵衛を殺したんだな。そうだな。ひとりでやったのか?」

卯三郎は顔をそむけて、痛みに耐えた。

「仕方ねえ。それじゃ、もう一枚積むとするか……」

秀蔵は蔵の隅にある伊豆石を両手で抱え持った。

これは目方十三貫(約四八・七五キロ)もある。ひとりで持つには大変な力がいるが、秀蔵は足を踏ん張り渾身の力で持ちあげ、卯三郎のもとに運ぶ。

すでに卯三郎の膝には三枚の石が載せられていた。その足の下にはジグザグになった三角形の台がある。これは算盤板というもので、ただ座るだけで三角形の台のとんがりが脛を痛めつける。これにさらにもう一枚石を載せようというのだからたまったものではない。それでも卯三郎は強情を張っていた。

「いくぜ……」

秀蔵は声をかけて石を重ねた。

とたん、卯三郎の口から苦しそうな声が漏れ、顔が悲痛にゆがんだ。

「そろそろ白状しやがれ、おれがやったといえば楽になるんだ」

「ううっ……うっ……」

「なんだ、何かいいたいか？」

「あれは、拾ったんだ……う、嘘じゃねえ。ああっ……」

「拾ったのはどこだ？　いつだ？　もう一度いってみやがれ」

何度も聞いていることだった。

「神田広小路だ。あっ……三日ばかり前だ。うっ……」

「神田広小路のどこだ？　何という店の前だった」

「さっきいっただろ……」

「もう一度いうんだ」

「だから井筒屋だと」

とたんに、秀蔵の眉間にしわが寄り、目がぎらついた。

「てめえ、嘘ばっかりをいいやがる。さっきは和泉屋といったはずだ」

「ああ、そうだ和泉屋だった。痛くて、苦しいから間違えたんだ。うっ……」

ぴしっ——。

鋭い音が蔵のなかにこだました。秀蔵が卯三郎の頬を張ったのだ。

「よし、もう一枚だ」

「も、もう、勘弁を……」

「ならねえ」

秀蔵は伊豆石をもう一枚持ちあげた。

全身の力を使っているので、白い顔が紅潮していた。

五枚目の石を載せると、卯三郎は絶叫をあげた。

秀蔵はこれで観念するかと思ったが、卯三郎はそこで気絶してしまった。

「気を失ったから楽になるってもんじゃねえんだ」

秀蔵は吐き捨てるようにいうと、柄杓で桶の水をすくい、喉を鳴らして飲んだ。このまま手をゆるめるつもりはない。

もう一杯水をすくうと、それを卯三郎に振りかけてやった。

がっくりたれていた卯三郎の首があがり、にわかに苦悶の表情を作った。秀蔵はもう何もいわなかった。もう一度伊豆石のところに行き、両腕で抱え持った。

卯三郎の目が恐怖に剝かれた。その口から汁のような涎(よだれ)が糸を引いた。

秀蔵は石を持ったまま、仁王立ちになった。

「まだ石は残っている。こうなったらてめえとおれの根(こん)比べだ」

「やめてくれ……」

秀蔵は六枚目の石を重ねるために、わずかに膝を折った。

「いう」

「……」

「いうからやめてくれ。殺(や)ったのはおれじゃねえ」

「誰だ……?」

秀蔵の顎につたわった汗が落ちた。

「半兵衛って浪人だ」

「……半兵衛だと」

眉宇(びう)をひそめた秀蔵は一歩下がった。

「頼む、もう何もかもしゃべる。その前に石をどけてくれ。た、頼む……」

秀蔵は石をおろした。

「嘘偽りとわかったときには、もう一度同じ拷問にかける」

「よしてくれ。もう懲り懲りだ。嘘はいわねえ。ほんとに話す」

卯三郎の目尻に涙がにじんでいた。

秀蔵が伊豆石を外してやると、卯三郎は算盤板から横向きに倒れて、息を喘がせた。まともに歩けるようになるには四、五日はかかるはずだ。

「さあ、いいやがれ」

顎を持ちあげて催促すると、卯三郎はとつとつと話しはじめた。口書きを取るところだが、それは奉行所送りにしたあとでもよかった。

しかし、卯三郎の話を聞いている間、秀蔵は何度も眉宇をひそめ、そして内心で驚いていた。田村屋喜兵衛殺しの下手人が、大塚の大和屋にからんでいた半兵衛だったからである。

すべてを聞き終えたとき、牢問蔵の高窓に射し込む日の光は大きく西に移動していた。

「それじゃ、その半兵衛らはまだ市中にいるってことだな」

「いるはずです。何か企んでいる様子でしたから……」

「よくぞ白状した」

秀蔵はすっくと立ちあがると、蔵を出て牢番人を呼んだ。

「こやつを牢に押し込んでおけ」

そういうや、秀蔵はきびきびした足取りで、控えの間に急いだ。

五郎七と甚太郎が茶を飲んで暇をつぶしているところだった。

「卯三郎め、やっと白状しやがった」

「やはり、やつが田村屋を」

五郎七が聞いてきたが、秀蔵はそれには答えず、

「五郎七、甚太郎。やつの申し開きが真実（まこと）であるか偽りであるかたしかめなければならぬ。手分けして菊之助を捜してこい」

「なぜ、荒金さんを？」

「つべこべいわず、捜すんだ！」

一喝された甚太郎は首をすくめた。

「どちらに呼べばよろしいんで……」

五郎七だった。

「ここで待っている。行けッ」

六

菊之助と次郎は雑司ヶ谷にいた。

太陽はすでに大きく傾き、近くの雑木林のなかで鴉の声が騒がしい。

「菊さん、下高田村はどうします？」

次郎は道ばたの地蔵の前に座り込んで首筋の汗をぬぐった。

「もう日が暮れる。明日でいいだろう。雑司ヶ谷の名主には大方あたったんだ。明日まで調べておくといった名主もいるから、そのついでにするか」

「へえ、あと十日はありますからね」

「今日を勘定に入れれば、九日だ。……ぼやぼやしているとあっという間に過ぎちまう」

「あと九日のうちか……」

「ともかく引きあげよう」

二人は足を引きずるようにして雑司ヶ谷をあとにした。

雑司ヶ谷の町屋は大きく分けて、自証院領と宗参寺領のふたつに分けられる。

いずれも通り沿いにあるが、飛び地のように点在しているので、ひとりの名主をあたるのにも骨が折れた。しかも出かけている名主を待ったり、出先まで訪ねていったりもした。

菊之助は今日の苦労が報われなければ、周辺に広がる雑司ヶ谷村の百姓らにもあたる肚づもりだった。

二人は疲れているので口数が少ない。

夕日が背中をあぶり、影が長くなる。

「でも、よくよく考えると、おいらたちも人がよすぎますね」

「……」

「自分の仕事をほっぽって、汗水たらし、それこそ身を粉にして人助けするんだから」

おしゃべりな次郎は、我がことながら感心したように首を振る。

「……困り果てているものを見て、捨てておけるか。放っておけば、伊佐次夫婦は死罪になるんだ。殺されるのがわかっていて知らんぷりはできないだろう」

「……そうなんですよね」

「ともかく明日のために、帰ったら湯屋にでも行って疲れを取ろう」

「そうしましょう」

神田川に出たころにはすっかり日が落ちていた。

水道橋のたもとで猪牙舟を雇うと、それで自宅長屋のある高砂町に向かった。

大川に出るころには、空に星の数が増えた。両岸には町屋の明かりが赤い蛍のように点々と見える。

宵闇の降りた川には涼しい風が流れており、疲れた体に心地よかった。

「荒金の旦那」

呼び止められたのは、高砂橋で舟を降り、長屋の木戸口に来たときだった。声のほうを見ると鉤鼻の五郎七が、暗がりからぬっと現れた。

「何だ、おまえか」

「ずいぶん待ちました」

「何かあったんだな」

「へえ、歩きながら話しますが、横山の旦那が大番屋でお待ちです」

「大番屋で……」

「昨夜、枕探しの卯三郎ってこそ泥が捕まったんですが、そいつが田村屋喜兵衛の煙管を持っていやがったんです。それで旦那が拷問にかけた挙げ句、何かを聞き出したようで……」

「何を聞いたんだ？　まさか、量蔵の仲間ってんじゃないだろうな」

「ともかく詳しいことは、横山の旦那から聞いてください。あっしもよく聞いてないんです。卯三郎が何を白状したのかわかりませんで……」

「そうか、ともかく急ごう」

「菊さん、おいらは……」

後ろからついてきていた次郎だった。

「おまえも来い」

菊之助は先を急ぐように小走りになって大番屋をめざした。

死罪になるかどうかの瀬戸際に立たされている伊佐次夫婦を救うために、必死になっている菊之助らのことなど知らない町のものたちは、その日の仕事を終え、酒を引っかけて浮かれていた。

軒行灯や提灯の点っている町屋の前を通ると、いかにも楽しげな笑い声が聞こえ、のどかな三味線の音も流れてきた。

大番屋に入ると、式台をあがったすぐそばの控えの間で茶を飲んでいた秀蔵が顔を向けてきた。

「ずいぶん待ったぜ」

秀蔵は吸っていた煙管を灰吹きに打ちつけるや、のそりと立ちあがった。

「こそ泥が田村屋の煙管を持っていたらしいな」

「そうさ。そのこそ泥がとんでもねえ野郎だった」

「どういうことだ?」

「半兵衛って野郎に使われていたのさ。田村屋を殺したのも……こやつだ」

秀蔵は懐から半兵衛の人相書を取りだして、目の前にばっと音を立ててかざした。

菊之助の目が大きく見開かれた。

「やつらのねぐらもわかった。まだ、嘘かどうかわからねえが、十中八九ほんとのことだろう。ともかくこれから確かめにゆくぜ」

「場所はどこだ?」

「雑司ヶ谷だ」

菊之助と次郎は思わず顔を見合わせた。

「どうした。裏に舟を待たせているから急げ」

菊之助は先に大番屋を出ていった秀蔵を追いかけた。

「舟のなかで話すが、おれも話がある」

「なんだ？」

「伊佐次夫婦のことだ」

秀蔵がさっと顔を振り向けてきた。

「よし、舟のなかでゆっくり聞こう」

大番屋裏の船着き場には、船提灯を点した二艘の舟が待っていた。

「船頭、舟を出せ」

もどかしそうに指図したのは菊之助だった。

船頭が棹で岸壁を突くと、舟はなめらかに川面をすべった。

七

日本橋川に架かる湊橋そばの川口町に、「牡丹亭」という貸座敷を持つ料理屋がある。この夜はいつになくにぎやかで、日の暮れから三味線や鼓の音が鳴りやまず、二階の窓からどっと湧く哄笑が表にこぼれていた。

宴もたけなわで、幇間が裸踊りを披露すれば、客たちは腹を抱えて笑い、また芸者衆と投扇興（扇投げの遊び）を競うものたちは、その結果に一喜一憂していた。酔った勢いで芸者の裾をめくるものもいる。

この座の主役は、大坂から戻ってきた河野屋長十郎だが、今や無礼講の騒ぎだった。

その座敷広間と廊下を挟んだ小座敷に、お雪はいた。襖を半分ほど開き、河野屋のどんちゃん騒ぎを盗み見ながら、ちびちびと酒を飲んでいた。

出かける前に半兵衛と量蔵は、人相書のことを心配し、もしものことがあったらさっさと引きあげろといったが、お雪には自信があった。普段は薄化粧だが、今夜は厚めの化粧をし、髪型も変えていた。

髪型が変わるだけで、女の印象はがらりと変わる。

――見分けられるのは、あたしをよく知っているものだけさ。

お雪は自信ありげに半兵衛と量蔵にいってやった。

うまくいけば千両という金が転がり込んでくるのだ。それこそ一生贅沢をして暮らせる金である。どんなことでもするつもりだった。

それに、何度か河野屋が厠に立ったとき、わざとすれ違ってやった。一度目に肩をぶつけてやると、好色そうな目を向けてきた。

二度目はわざと、婀娜(あだ)っぽい笑みを向けてやった。それだけで河野屋が興味を示した手応えを得た。

半兵衛がいうように、なるほど女好きな男だと思った。

それにしてもいい気なもんだ。上座の席に座っている河野屋は、隣に侍(はべ)らせた芸者の太股をさすり、ときに尻をなでていた。すけべったらしい男だ。

その河野屋がまた席を立った。酒を過ぎているので、厠が近いのだ。

お雪は盃を置くと、襟元をすうっとただし、腰をあげた。

河野屋は案の定、厠に向かった。お雪も厠に向かうが、用は足さずに廊下の角で待った。

座敷からは相も変わらず酔っぱらいたちの楽しげな笑い声がしている。

ほどなく河野屋が厠から出てくるのがわかった。廊下の角を回り込むと、すぐに河野屋と相対する恰好になった。

「これは先ほどの……」

河野屋が先に声をかけてきた。

「旦那さんのお席、ずいぶんにぎやかですね」

気軽に応じてやると、河野屋の酔った目が細くなった。

「ひとりなのかい？」

「あいにく相手がいないもので」

「そりゃあ、もったいない」

「あら、だったらお相手してくださいますか」

とたんに河野屋の目が輝いた。

「わたしでよかったらいつでもお相手しますよ。たしか、そこの座敷だったね」

抜け目なく観察していたようだ。

「お寄りなさいますか？　相手をしてくださるのなら嬉しいわ」

「それじゃ遠慮なく、ご相伴（しょうばん）に与（あずか）らせてもらおうか」

お雪は自分の座敷に河野屋を引き込むと、向かい合わずに隣に腰をおろし、科（しな）を作った。

「こちらのほうがお酌しやすいでしょう」

微笑んでやると、河野屋は喜色満面（きしょくまんめん）の顔になった。

差しつ差されつで二合ほどを飲みながら、愚にもつかないことを話したが、河野屋は自分の自慢話を鼻につかない程度に入れ込んだ。

「それじゃ、旦那さんは江戸と上方を股にかけてお仕事なさっているのね」

「商売だからね。ささ、もっと飲もうではないか」

河野屋はそういって酒を勧めるが、自分はあまり飲もうとしない。うまく控えるコツを心得ているのだろう。それに勧め上手である。

「それでお千代(ちよ)さんは、どこに住んでいるんだい?」

お雪は名を偽っていた。

「わたしは明日の朝、松戸(まつど)に帰るところなんです。……夫に離縁をされましてね」

わざと寂しそうにうつむき、河野屋の手に自分の手を重ねた。毛深い男のようで、手の甲にも毛が生えていた。

「それは、気の毒に……」

河野屋はお雪の手を握った。

「あんたみたいないい女を離縁するとは、見る目がないね」

「わたしはもうすっかりあきらめましたから、未練などございません。それに、お酒が入って、何だかいい心持ち……」

お雪はわざと河野屋にしなだれかかった。

「旦那さん、宿まで送っていってくれませんか。ついお酒を過ごしたみたいで

「女ひとりで、夜道は危ない。送ってゆこう」

「……」

「それじゃ早速に」

とろけたような目で口を近づけていうと、河野屋の脂ぎった顔がにやけた。

「でも、連れの人たちに失礼になりませんか？」

「気にすることはない。ささ、それじゃまいろう。宿はどこにあるんだい？」

「行徳河岸の鴨壱という船宿です」

「鴨壱だったら目をつむってでも行ける」

気前がいいことに、河野屋はお雪の座敷料も払ってくれた。

二人は星明かりの道を、提灯を提げて湊橋、崩橋と渡って行徳河岸に入った。その間ずっとお雪は河野屋の腕にすがりついていた。また河野屋もそうされるのが嬉しいらしく、肩をそっと抱き寄せたりした。

宿には表口からではなく、裏の外階段を使って客間に入った。

誰もいない二人だけの部屋である。河野屋はすぐに本性を現し、抱きついてきた。

「あれ、旦那。慌てないでおくれまし。今、下からお酒を運ばせますので……すぐに戻りますわ」

お雪はきゅっと河野屋の手を握りしめて、廊下に出た。隣の部屋から量蔵の顔がのぞいたので、首尾は上々だと目配せをし、一度階段口までいって、そのまま後戻りした。

部屋に戻ると、河野屋は落ち着かなそうに煙草を呑んでいた。

「すぐにお酒と肴が来ますから」

「それはいい。ささ、こっちに……こっちに……」

河野屋はそういって、自分から膝を進めてくる。

「今は駄目。人が来ます。……ね」

甘えた顔と声でじらすと、河野屋はしぶしぶ伸ばした手を引っ込め、

「今夜はわたしもここに泊まっていこうかな。……そうさせてくれないか。なんだか家に帰るのが億劫になってきた」

「……それは」

「いいじゃないか。江戸最後の晩を楽しむのもいい思い出になる」

そういって河野屋はまたもやお雪を抱きすくめた。もう我慢ができないのだろう。片手を襟元に差し入れようとした。そのとき、襖の向こうから声がした。

河野屋は慌てて居ずまいを正した。

「酒をお持ちしました」

「入って」

お雪が答えるとするすると襖が開き、量蔵が入ってきた。そのまま襖を閉めて、

「これは河野屋の旦那、お初にお目にかかります」

量蔵は満面に笑みを浮かべながら、丁重に頭を下げたが、目は笑っていなかった。河野屋のゆるんでいた顔が急に引き締まった。

「おまえさんは?」

「わたしはこの女の連れでしてね。どうしても旦那と話をしたかったので、ちょいと込み入ったことをしまして」

「なにを……それじゃ、おまえは……」

河野屋はお雪をにらんだ。

「この河野屋長十郎をからかったのか、無礼な女だ。わしは帰る!」

「そうはまいりません。これは廻船問屋・河野屋の屋台骨に関わる話ですから、いえいえそれだけでなく河野屋の大旦那様の命にも関わることでございます」

わざと慇懃(いんぎん)にいう量蔵の細い目が、尻を浮かしかけた河野屋を射るように見る。

「なんだと……」

よく日に焼けている河野屋の顔に赤みが差した。

「抜け荷やお上に納める冥加金のことですよ」

今度は河野屋の目が驚いたように見開かれた。

第七章　別れの橋

一

襖一枚隔てた隣の部屋で、半兵衛は耳をすましていた。手許の茶はすっかりぬるくなっているが、それで唇を湿らすようにして、頰にわずかな笑みを浮かべた。量蔵は思った以上にうまく話を進めてくれている。

「……あれこれ申しましたが、廻船問屋・河野屋を生かすも殺すも、わたしのこの口次第。いえいえ、お店だけではございませんな。河野屋大旦那の長十郎様のお命までもが危ういということでございますよ。……おそらく市中引き廻しのうえ獄門(ごくもん)は免れますまい」

半兵衛は、しらっとした顔で茶を飲む量蔵を瞼(まぶた)に浮かべることができた。

すっかり酔いの醒めた河野屋は、歯ぎしりをしながら膝許の拳をふるわせているに違いない。

だが、意に反し、河野屋長十郎の低い笑い声が聞こえてきた。

「……ふふ、ふふふっ」

「何がおかしいんだい？」

お雪の声だった。

「よくもありもしないことをぺらぺらしゃべるものだ。どこで仕入れた種なのかわからないが、そんな出鱈目話で河野屋を脅そうとしても無駄なことだ。いやいや、面白い話を聞かせてもらった」

「ほお、開き直りでございますか」

「開き直りも何もない。そんな絵空事のような嘘をいくら並べられても、この河野屋はびくともせぬわ」

「それじゃ、抜け荷もしなかったとおっしゃる」

「あたりまえだ」

「冥加金を免じてもらうために、わざと船を難破させたこともなかったと……」

「船は大事な商売道具。それをわざと沈める商人などいるものか。そんなことになったら船荷はもちろんのこと、船頭や水夫(かこ)まで失うことになる。ふん、馬鹿げたことだ」

「わたしらは、ちゃんとした筋から仕入れた話をしているのですがねえ。それでも嘘だとおっしゃるなら、お白洲の上で申し開きをしてもらいましょうか」

「くだらぬことだ。おまえさんら、脅す相手を間違ったようだ。女を使ってこの河野屋に取り入ろうとするとは、あきれてものもいえない」

「それじゃ、わたしらの話がでっち上げだと申されますか……」

「でっち上げでないという証でもあるというのかい。……ふふっ、そんなものありはしない。あれば見せてもらいたいものだ」

隣の部屋で聞いている半兵衛の頬からすうっと笑みが消えた。

じっと、襖を見る。

開けば、そこに河野屋長十郎がいる。出ていくか……。半兵衛はしばしためらった。

「それじゃ、上方の商人に江戸に来てもらいましょうか」

量蔵はそういって言葉を足した。

「河野屋さんは、上方の問屋と手を組んでいらっしゃる。その問屋の主の話を合わせて、お上に訴えることにいたしましょうか。……河野屋さんは酒荷を積む樽廻船がご商売。株札も酒荷にかぎっている。なのに、木綿や油ものの荷もある。それらは菱垣(ひがき)廻船の株札がなければ積めない荷ではございませんか」

「また、出鱈目の法螺(ほら)話かい」

「船賃を安くしての裏の商売。これを知ったら他の問屋仲間だって黙ってはいますまい」

「馬鹿なことを。痩せても枯れても河野屋は、名のある江戸の大問屋、それがみみっちい真似をして小金を稼いでいるというのか。おまえさんらの話にはもううんざりだ。わたしゃ、帰らしてもらうよ。せっかくの酒が、すっかり醒めちまった」

「……ほう。そんな強気に出て、あとで泣きを見ても知りませんよ」

「勝手にすればいいだろう」

半兵衛はぴくっと眉を動かした。衣擦(きぬず)れの音がしたのだ。河野屋長十郎が帰ろうと腰をあげたのだろう。このまま帰してはならない。半兵衛は顔を引き締め、片膝を立て、目の前の襖に手をかけた。

そのとき、お雪の声がした。

「お待ちよ、河野屋の旦那。今、その証をみせてやるよ」

「下衆の戯言には付き合ってはおれない。好きにすればいい」

「半兵衛さん。出ておいでよ」

絶妙の間合いだった。半兵衛はお雪の声で襖をさっと開いた。

客間から出て行こうとしていた河野屋が振り返り、半兵衛を見て目を瞠った。

「こ、これは……」

「河野屋の旦那、久しぶりだな。まあ帰るのは少し待ちなよ」

「す、すると梶原、おまえが……こやつらに……」

「いいから座りなよ」

半兵衛は右手に持っていた差料を左手に持ちかえた。これで、いつでも刀が抜ける。河野屋の顔に苦渋の色が浮かんだ。

「そこへ……」

半兵衛がうながすと、河野屋はしぶしぶと腰をおろした。

「話はこの二人からとっくりと聞いただろうが、おれがいるかぎり白を切りとおすことはできないぜ。密告すれば、あれこれと手入れがあるはずだ。帳面の類はすっかり始末しているだろうが、大坂の太田屋、讃岐屋はお上の手が入れば、何もかもしゃべっちまうだろうよ。証がどうのといったが……おれが生き証人だ」

「そんなことになったらおまえだって、無事にはすまされないぞ」

半兵衛は河野屋の目をにらみ据えた。

「何をいいたい。おまえの指図で殺したやつのことか……口封じのための殺しはゾッとしなかったぜ」

河野屋のこめかみが小さく震え、生つばを呑むのがわかった。

「……いったい、このわたしに何をしてほしいのだ?」

「金だ」

半兵衛は直截にいった。

「三千両用意してもらう。それがおまえの命の代償だ」

「さ、三千両……そんな大金を……」

「おまえにとってはたいした金じゃないだろう」

「そうさ、店と命が助かるなら安いものじゃないのさ。生きていさえすれば、三千両ぐらいすぐ稼げるんじゃないのかい」

お雪ははすっぱなものいいをして、片膝を立て、煙管をくわえた。河野屋の額に脂汗がにじんだ。

「どうする旦那……」

　半兵衛は弓から放たれた矢のような視線を河野屋に向けた。

「おれがいいたいことはあらかた、この二人から聞いたはずだ。このままだと、おまえの首と胴体は離れることになる」

「……くっ」

　河野屋は恨めしそうな、そしてさも悔しそうな目で半兵衛を見返した。

「明日中に、金を用意しろ」

「明日だと」

　河野屋の声が裏返った。

「一晩あれば造作(ぞうさ)もないだろう。金を作れ。そうすりゃ、何もかもこれまでどおりうまくいくんだ」

「河野屋さん、都合がつかなきゃ、わたしらは何年もあなたの骨をしゃぶることになりますよ」

　量蔵が楽しそうに目を細めていう。

「どういうことだ？」

「月々の手当をいただくとか、半年ごとに集金に伺うとか、やり方はいろいろございます。こっちの胸三寸で、どうにでもなるのですからね」

河野屋は悔しそうに唇を引き結ぶと、膝許をじっと見つめ、それから宙の一点をにらみ、何度もため息をついた。

「期限は明日かぎり。金ができなきゃ、おまえの一生もそこまでというわけだ」

半兵衛は催促するようにいった。

河野屋の顔がゆっくり半兵衛に戻った。

「……店に取りに来てくれるのか」

「冗談じゃない。受け渡しはこっちの指図にしたがってもらう」

「千両に負けてくれないか」

「ほざけ。三千両びた一文負けはしねえ。きっちり払ってもらうぜ。明日の朝、使いをやる。そのとき受け渡しの刻限と場所がわかるようにする。いいな」

半兵衛は河野屋をにらみつけた。

一瞬、部屋のなかの空気が止まったような間があった。表から聞こえてくる夜まわりの拍子木がやけに耳障り（みみざわ）りだった。

「……わかった、仕方ないだろう」

河野屋は苦渋の顔でつぶやいた。

二

その家は雑司ヶ谷町の外れにあった。

かつて音羽町にある商家の主が別宅に使っていたもので、今は朽ちるにまかせている廃屋だった。闇のなかにその家の形だけがぼんやり浮かびあがっている。ときおり風に吹かれる木立が騒ぎ、静かな瀬音が間断なく聞こえてくる。瀬音はすぐそばを流れる弦巻川のものだった。

菊之助と次郎はそばの地蔵堂のなかで、その家を見張りつづけていた。とはいっても、次郎は板壁に背を預け、足を投げ出して寝息を立てていた。

秀蔵と手先の二人は、近くにある相模屋という茶問屋に事情を話し一間を借りて、そこに控えている。

もう時刻は、夜九つ（午前零時）になろうとしている。どこかで梟の声がした。

菊之助は板壁の隙間から闇のなかに目を注ぐが、件の家に変化はない。

近づく足音を耳がとらえた。

菊之助は顔も体も硬くして足音に集中した。だが、すぐに肩の力を抜いた。秀蔵だとわかったからだ。開き戸が開き、「起きているか」と声がかかった。

「起きているとも」

応じると、秀蔵が入ってきた。

「休んでいなかったのか？」

「気になって眠れぬ」

秀蔵はそういって次郎の寝顔を眺めた。外に漏れないように点している蠟燭の明かりが次郎の頰にあたっていた。

「……どう思う？」

「どう思うってどういうことだ？」

菊之助は聞き返した。

「家をあらためたとき、たしかに人が寝起きしているようではあった。だが、それが卯三郎のいう半兵衛たちだったのかどうかだ……横になって考えているうちに気になってきたのだ」

「嘘だったら、骨折り損もいいところだ。だが、誰かが最近まで住んでいたというのは間違いないだろう」

「それはそうなのだが……こんなことなら、卯三郎を駕籠に入れてでもつれてくるのだった」

「そんなことをいっても、もう遅い」

「うむ、そうだな……」

菊之助は板壁の隙間から外を見た。黒い闇が広がっているだけだ。

「卯三郎というやつの言葉に嘘がなかったとしても、半兵衛たちはこの家を捨ててしまったということも考えられるな」

菊之助は独り言のようにつぶやいた。

「……そのことも考えた」

「今夜は様子を見るが、明日の朝、大番屋に戻ろうと思う。もう一度、卯三郎を締めあげてみよう」

「そうするがいい。おれと次郎は明日も張り込みをつづける」

「そうしてくれるとありがたい」

菊之助は依然、表に目を向けている。

さっきまで星明かりがあったが、雲が出てきたらしく見えなくなった。

「伊佐次とお豊のことだが、逃げはしないだろうな」

しばらくして秀蔵が口を開いた。

「逃げないと約束した。二人を信じるだけだ。あと八日たったら、伊佐次は御番所に自ら申し出るはずだ」

そういう菊之助だが、心の一部では伊佐次夫婦に逃げてもらいたいという思いもあった。肝心の半兵衛や量蔵を捕まえることができればいいが、そうならなかったら、死罪は免れないのだ。

「……下手をすると、おまえも悪党の片棒を担いだことになるんだ。わかっているんだろうな。ときに人のよさが仇となることもあるのだ」

「秀蔵……」

「なんだ」

「そんなことは覚悟のうえだ。だがな、人ってえのは人を信じられなくなったら終わりだ。おまえがいうように、とんだたわけたことをしているのかもしれない。だけど、おれは、いや次郎だって伊佐次とお豊を信じてやりたいんだ。それで裏切られたとしても、後悔するのはおれたちではない。裏切った二人だ。そうなったら一生、その枷を背負って生きることになるだろう。……おれたちには枷がない分ましというものだ」

「……」

　秀蔵は何もいわなかった。

　菊之助は細く長い息を吐いてから、壁にもたれた。

　秀蔵が目を合わせてきた。

「おまえには負けるよ。……いいだろう。明日の朝もう一度来よう。適当に次郎と交代してもらいな」

　秀蔵はそういうと、足音を忍ばせて地蔵堂を出て行った。

　林を抜けていく風の音……。

　人の気持ちを安寧にさせる瀬音……。

　そして、忘れたころに鳴く梟の声……。

　菊之助はしばらくの間身じろぎもせず、宙の一点を凝視していた。今になって秀蔵の言葉が気になってきた。

　——ときに人のよさが仇となることもあるのだ。

　もうすでにそうなっているのかもしれないと思う。

　だが、それは伊佐次もお豊も同じだ。そして、人がいいばかりに、それが仇となって殺されたと思われる田村屋喜兵衛。

菊之助はゆっくり拳に力を入れて固めた。

人のいいものが割を食い、悪党だけがのさばるようなそんな世の中があってよいものか。そんなことは絶対ないはずだ。悪は成敗されなければならない。

「……そんな世の中だったら、死んだほうがましだ」

菊之助は小さく声に出して、手の力を緩めた。

しばらくして、次郎と交代し仮眠を取った。

つぎに起きたときは夜明けに近かった。菊之助は地蔵堂を出て表に立った。

闇は幾分薄くなっているが、月も星も見えない。風もやんでいた。

静寂はゆっくり過ぎてゆく。

……やがて、周囲の林やこんもりした丘が白みはじめた空を背景に形作られていった。鴉が鳴き、徐々に鳥たちのさえずりが湧き上がってくる。

地蔵堂に戻ろうとしたとき、秀蔵が五郎七と甚太郎を連れてやってきた。

「変わりないか？」

「何もない」

「………」

秀蔵は件の家に目をやり、それから菊之助に、

「おれはこれから大番屋に戻る。甚太郎を置いていくから、何かあったら走らせろ」

「わかった」

「……無理はするな」

秀蔵がそういったとき、寝ぼけ眼の次郎が姿を現した。

「次郎、おぬしもご苦労だが、もう少し付き合ってくれ」

「お帰りですか」

「うむ、一度大番屋に戻る。それじゃ頼んだぞ」

秀蔵と五郎七の姿は、朝靄の漂う林の小径に消えていった。

「菊さん、どうするんです？」

「今日も見張りだ」

三

相生橋に近い深川万年町の片隅に、〈三浦屋〉という小さな煙草屋があった。

その店は年老いた夫婦がやっていたが、昨夜賊に入られ、奥の部屋に閉じこめられていた。

賊は半兵衛らである。

河野屋長十郎がどんな手を打ってくるかわからないので、いつまでも船宿・鴨壱にいるわけにはいかなかった。

「ついでだから、つぎの大坂行きの船に乗せてもらうというのはどうです」

量蔵が、茶漬けをすすりながら半兵衛を見た。

「そんなことをしたら海の上で斬り合いになるのが落ちだ。河野屋を甘く見ないほうがいい。あの店には腕の立つ用心棒がいる」

「半兵衛さんもそうだったんだろ……」

お雪が茶を差しだした。

「なぜやめたんです？」

「ふん、おれの性(しょう)に合わないだけさ。いつまでも河野屋にヘイコラしなきゃならないのが我慢ならなかったんだ」

「でも、河野屋の指図で人を……」

量蔵が箸を置いて茶を飲む半兵衛を見た。

「……駿河に清水（しみず）という港がある。ぼろ船を沈める前にその港に荷を下ろしたんだが、雇った船頭が河野屋を強請（ゆすり）にかかった。それが運の尽きだ」

「河野屋が殺（あや）めたのはひとり二人ではないのでは……」

「そうだろう。おれはひとりしか斬っていないが、他の用心棒やこれまで雇われた用心棒が誰も斬らなかったとはいえない」

半兵衛は竈（かまど）にのっている茶釜を見た。

「それで半兵衛さん、どうするんです？　いつまでもここにいるわけにはいかないでしょうに……江戸にいるかぎり旅籠にも泊まれないんだから」

お雪のいうとおりである。河野屋から金をもらったら、さっさと江戸を離れなければならない。半兵衛は壁に這（は）う大きな家蜘蛛（いえぐも）を凝視した。

「どこで受け渡しをするんです？」

量蔵が顔を近づけてくる。

「大金を持ち歩くわけにはいかねえし、持てるような量じゃない。船を使うのがいいが……さて、どこにするか……」

蜘蛛は天井に向かって壁をゆっくり登っていた。

「どこにします？」

「それよりどっちに逃げるかだ」

「小舟で海を渡るのは心許ないでしょうし、大川を上るには暇がかかりすぎますね」

「どこがいいと思う？」

半兵衛は量蔵を見たが、答えたのはお雪だった。

「小名木川から行徳船場に行くのはどうです。中川の川番所さえ越えてしまえば、もうこっちのものじゃありませんか」

「……いいかもしれぬ」

半兵衛は顎をなでた。そうするかとつぶやく。

「あとは取り引きの場所だ。人目の少ないところがいいが、そうなると向こうにも都合がよくなる。河野屋はきっと刺客を手配するはずだ」

「ほんとに三千両用意してきますかね。河野屋はかなり狸のようだし。金の受け渡しを延ばされたら、こっちの身がその分危なくなりますからね」

お雪は煙管に煙草を詰めながらいう。

半兵衛はそのことも気になっている。半分の千五百両、いやひょっとすると千両しか都合つかなかったといわれるかもしれない。

……そのときはあきらめて、また脅しつづければいいだけのことだ。

そこまで考えた半兵衛は、にやりと頬をゆるめた。

「よし、二人とも耳を貸せ」

半兵衛は体を寄せてきた量蔵とお雪に、自分の考えを手短に話した。

「それはいい考えです。そうすれば、刺客になるかもしれない用心棒の動きもわかる」

量蔵が感心顔で相づちを打った。

「それで、河野屋への使いはどうするんです？」

お雪は獲物を狙った猫のように目を輝かせている。

「そのへんの町のものを使ってもいいが、ここはおれたちのことをわかっているやつがいい。人相書も出ていることだし……」

「それじゃ誰に……？」

「又八でいいだろう。やつは口が堅そうだし、住まいもわかっている」

「いなかったらどうします？」

「そのときは卯三郎か紋造を使えばいいが、やつらが溜りにしている店にいるかどうかだ」

半兵衛は遠くを見る目になって、口にした三人のことを考えた。懐が暖かいはずだから、遊びほうけていなければいいが……。

「お雪、おまえの番だ」

「あら、またわたしですか……」

「おれたちは顔がばれやすい。その点、おまえは化粧も髪型も変えたし、頭巾も被る。おれたちはここで待っている。まずは両国に行ってくれ。米沢町（よねざわちょう）一丁目裏に〈吉松（よしまつ）〉という小汚い煮売り屋がある。そこに行けば、卯三郎らがいるはずだ」

「いなかったら？」

「神田佐久間町（さくまちょう）一丁目の権兵衛店（ごんべえだな）だ。又八が住んでいる。やつがいなかったら、もう一度吉松に行って待つんだ。昼八つ（午後二時）までに見つからなかったら戻ってこい」

「ちょっとお待ちを」

口を挟んだのは量蔵だった。

「雑司ヶ谷の家に二百両残っております。壊れた仏壇の裏にある壺のなかです。あれを取ってきてもらいましょう。どうせ、もうあの家には戻らないんでしょう」

「戻らん」

半兵衛はあっさり答えた。

「それじゃお雪、そっちも頼むよ」

「でも、誰も見つからなかったらどうします……?」

お雪は半兵衛と量蔵を交互に見た。

「昼八つまでに見つからなかったら、雑司ヶ谷へ行ってこい。夕刻までには戻ってこられるだろう」

「それじゃ、河野屋への使いはどうします?」

「考えておくさ。ともかく行ってこい」

お雪は半兵衛の声に押されるように腰をあげた。

四

近所で仕入れてきたにぎり飯と蒸かし芋で空腹を抑えた菊之助たちは、竹筒の水をまわし飲みした。

「ほんとにここに来るんですかねえ」

次郎が心配するように、菊之助も心許なくなっていた。

「ともかく様子を見るしかないだろう」

板壁の隙間から外の光が幾筋も射し込んでいた。

水を飲み終えた次郎は竹筒に栓をして、

「卯三郎って野郎が出鱈目いってたら、とんだ道草になりますよ」

「そうぼやくな」

「もうこの時刻です。卯三郎が嘘をいっていたとしたら、使いがやってくるはずです」

いうのは甚太郎だった。十手で肩をたたいてつづける。

「横山の旦那は、大番屋でもう一度やつを締めあげているはずですから、賊がここにいたのは間違いないはずです」

「でも引き払ってしまったのなら」

次郎の言葉に、菊之助はうめくようにうなった。

「……量蔵らの唯一の手がかりはこの家だ。腰を据えて辛抱だ」

菊之助は次郎を諭すようにいって、座り直した。

だが、異変はそれからすぐに起きた。

「誰かやってきます」

抑えた声を発したのは、板壁の隙間に目をあてた甚太郎だった。

菊之助も次郎も隙間をのぞき込む。

木漏れ日の射す小径をひとりの女がやってくる。女頭巾に地味な小紋の着物姿だ。

三人は息を殺した。

女はまっすぐ小径をやってきて、目の前の家に歩いてゆく。家の脇にある納屋を過ぎ、戸口に向かった。一度まわりを気にして戸を開けると、そのまま家のなかに消えた。

「お雪って女か……」

「頭巾で顔が見えませんでした」

菊之助に甚太郎が答える。

三人は前の家に目を注ぎつづけた。

雲が空をおおったらしく、日が翳ったが、すぐにまた木の影がくっきりできるほどの日が射した。

女に連れはいないようだった。

そして、ほどなく女が戸口の前に現れた。三人は体を固めたまま女を凝視した。

「……お雪だ」

つぶやいたのは菊之助だった。女が戸口の前で頭巾を被り直したのだ。

人相書と感じは違っていたが、あきるほど人相書と首っ引きになっていた菊之助の目に狂いはなかった。

お雪は来た道を後戻りした。

「尾けるっ」

お雪の姿が木立の陰に見え隠れするようになって、菊之助は腰をあげた。

用心して地蔵堂を出ると、そのまま尾行を開始した。


そのころ、深川万年町にある三浦屋の居間では、半兵衛が又八に指図をしていた。

「何度もいうが、河野屋長十郎にじかに渡すんだ」

「へえ」

又八は赤い鼻の頭をこすりながら半兵衛に返事をする。

「それから、おれたちのことを聞かれたら、おれたちとは関わり合いはない、道で声をかけられて頼まれたというんだ。そうでなきゃ、おまえの身が危ないからな」

「承知しやした。それで書付を渡したら、またここに戻ってくればいいんですね」

「そうだ。だが、尾けられるようなヘマはするな」

「心配無用です」

「それじゃ行ってきな」

又八は裏口から出ていった。

奥の部屋でうめき声がした。猿ぐつわを嚙ませ、縛りつけているこの店の老夫婦の声だ。半兵衛はそっちを見て、老夫婦をどうするか考え、

「ここの年寄りをどうしたらいいかな……」

顎の無精髭をさすりながら量蔵を見た。

「どうせ今夜中に江戸を出るんです。放っておけば誰か助けてくれるでしょう」

「あとあと面倒なことにならないかな」

「物騒なことはわたしの性分ではありません。放っておきましょうよ」

「……それでいいか」

半兵衛は折れた。それに年寄りを殺すのは気が引ける。

「それにしても卯三郎は大丈夫でしょうか。町方に捕まったのであれば、きつい拷問にかけられて、何もかもしゃべってしまうのでは……」

半兵衛と量蔵は、又八から卯三郎が捕まったと聞いていた。

「しゃべればやつは、殺しの片棒を担いだことになる。そうなるとてめえの命も危ない。しゃべりゃあしないだろう」

「八丁堀の拷問は生半可ではないと聞いていますが……」

「てめえの命がかかっているんだ。おまえさんだったらどうするよ。しゃべるかい？」

「わたしは……そうですね、しゃべらないでしょうね」

量蔵は一瞬だけ目を泳がせてからいった。

「しゃべったところで、おれたちのことは簡単に嗅ぎつけられやしないさ」

「そうですね」

半兵衛はゆっくり茶を含んだ。薄く開けた縁側の向こうに、鳶の舞う青い空が見える。お雪がそろそろ戻ってきてもいいころだと思う。あの女、うまく逃げおおせたら自分のものにしようか……。こっちになびいてくれればいいが……。

半兵衛は今夜の取り引きのことを頭の隅に追いやって先のことを考え、我知らず片頬に笑みを浮かべた。

「ところで、又八のことはどうします？　あの男、わたしどもがやろうとしていることを知ってしまいましたが……」

「量蔵さんよ、けちな考えは捨てたがいいぜ。だが、十両か二十両つかませりゃ、飛び上がって喜ぶに決まっている。それに又八が欲目を出したって相手はしないさ。やつも密告はできない身の上だ。それにおれたちは今夜のうちに江戸を離れる」

「そうでございましたね。いやはや、半兵衛さんがここまで知恵のまわるお人だとは思いもいたしませんでしたよ」

「ふん」

半兵衛は鼻で笑って、くわえていた爪楊枝をぷっと、土間に吹いた。

五

先を急ぐように雑司ヶ谷を離れたお雪は、江戸川橋で舟に乗り、神田川から大川へ抜けた。菊之助たちも猪牙舟を仕立て、その舟を追っている。

「いったいどこへ行くんでしょうね」

次郎がお雪の舟を見ながらつぶやく。

菊之助はじっとお雪の紫色の頭巾を見ているだけだ。

大川は傾いた太陽に照らされ、銀鱗のように輝いている。お雪の舟は両国橋の下をくぐると、川の中央に寄っていった。

「船頭、あまり近づくな」

菊之助が注意すると、頰被りした船頭がへえと応じる。流れに乗っているので船足が速くなったのだ。

舟は御船蔵の前を過ぎ、長さ百八間（約二〇八メートル）の新大橋をくぐった。荷足船や米俵を積んだ伝馬船とすれ違う。お雪の舟は中洲を避けると、左のほうに寄っていった。

「……深川か……」

じっと前方の舟を見つめる菊之助がつぶやいた。お雪の舟を操る船頭の白手拭いが夕日に染まりはじめた。

案の定、お雪の舟は上之橋をくぐって深川仙台堀に入った。

「深川ですね」

ずっと口を閉じていた甚太郎が菊之助にささやくようにいった。

「うむ。半兵衛と量蔵がいるところへ行くのだろう」

「どうされます？　横山の旦那につなぎますか？」

「待て。もう少し様子を見てからだ」

お雪の舟は南仙台河岸の船着き場につけられた。

「船頭、そこへつけろ」

菊之助はすぐそばの河岸場に舟をつけさせると、船賃をはずんで舟から飛び降りた。次郎と甚太郎がそれにつづく。お雪は相生橋を渡りはじめている。菊之助たちは一町ほど離れてお雪を追っていた。

橋を渡りきったところで、お雪はちらりと後ろを振り返ったが、菊之助たちに気づいた素振りはなかった。それから右手の町屋のなかに入り、姿が消えた。

菊之助はすぐに駆けだした。次郎と甚太郎も追ってくる。

お雪が消えた通りの入口に立ったが、すでに姿はなかった。菊之助は通りの先と、立ち並ぶ小店に探る目を向けた。

「どこだ？　どこに消えやがった……」

狭い通りには犬が寝そべっており、煎餅屋の店先の縁台で隠居風の老人がのんびり煙草を吹かしていた。

「この通りに入ったのは間違いありません。この先を抜けていったとは思えませんから、どこか裏の路地に入ったのでは……」

甚太郎が目を光らせながらいう。

「おまえたちはここで見張っていろ」

菊之助はそういうと、狭い通りに足を進めた。目を左右に動かし、小店のなかを窺い見、そして狭い路地にも注意の目を向けた。

相撲を取って遊ぶ子供たちのそばで、赤子をおぶった女が子守唄を歌っていた。

六軒目の店に来て菊之助は眉をひそめた。

表戸に三浦屋とある煙草屋だ。ここだけ閉まっている。

通り過ぎてもう少し先に行ったがお雪は見つからなかった。近くの青物屋に煙草屋のことを聞くと、

「へえ、今日はどうしちまったのか、店を開けてないんですよ」

「昨日はどうだ?」

「昨日はやってましたよ。……何か三浦屋さんに御用で?」

「そういうわけではない。ちょいと煙草をと思ったのでな」

菊之助は適当に誤魔化して後戻りした。通りの入口に次郎と甚太郎の顔がのぞいている。お雪は見つからないと、首を振る。

菊之助は煙草屋の前に来て、横の道を凝視した。

人ひとりがやっと通れるような猫道だ。

ここか……。

そっと足を進めると、煙草屋の裏に出た。坪庭(つぼにわ)があり、萎(しお)れた菊が植わっていた。そのそばをさっと野良猫が走っていった。

裏の戸口が薄く開いており、低い人の声が聞こえた。話を聞き取ることはできないが、男と女の声がした。菊之助は目を光らせると、そっとそのまま後ろに下がった。

「おそらくそこの煙草屋だ。表戸は閉まっているが、家のなかに人がいるのはたしかだ。男と女の話し声がした」

次郎と甚太郎のもとに戻った菊之助はそう告げた。

「お雪ですか？」

「……だと思う」

甚太郎に応じた菊之助は、煙草屋三浦屋に視線を向けた。

「もう少し様子を見よう。煙草屋でなくても、お雪はこの通りのどこかにいる」

そのとき、七つ半を知らせる永代寺の時の鐘が聞こえてきた。すでに日は翳りはじめている。この時期は日の暮れが早いから、暗くなるのはすぐだ。

ほどなくしてさっきの猫道からひとりの男が現れた。小柄な男で、遊び人風のなりだ。赤い鼻の脇をこすり、一度後ろを振り返ってうなずいた。

菊之助はそっと身を引き、そばの葦簀（よしず）の陰に隠れろと次郎と甚太郎に顎をしゃくり、相手に悟られないように身を隠し、通りを窺った。とたんに菊之助は目を瞠った。

お雪はさっきのように頭巾を被っているが、そばには新たな男の姿が二つあった。二人とも編笠を被って顔が見えないが、おそらく太っているのは量蔵だろう。そして、もうひとり腰に刀を差した浪人風の男は半兵衛に違いない。

遊び人風の男が先にそばを通り過ぎ、つづいてお雪、半兵衛、量蔵の順番で表通りに出てきた。

菊之助はそばの縁台に座って、四人をやり過ごした。次郎も甚太郎も息を殺した顔で口をつぐんでいるが、注意の目を四人に注いでいた。

菊之助はめまぐるしく頭を働かせた。お雪たちは自分たちが手配されていることを知っているはずだ。それなのに、市中にひそんで動いているということは何か魂胆があってのことだろう。これから何かをやろうと企んでいるのかもしれない。

だが、どこで何をしようというのか？　すぐにでも秀蔵につなぐべきだろうが、お雪らの行き先がわからない。

どうするか……。

心中でつぶやいた菊之助は、相生橋を渡りはじめた四人の後ろ姿を凝視した。今ここで捕らえることはできないか……。四人を一網打尽にするのは無理だろう。こっちは三人だ。しかも、次郎に危ない真似はさせられない。

「どうします?」

焦った声は甚太郎だった。

「行き先を突き止める」

お雪らはさっきの船着き場で二艘の舟を仕立てた。一艘には量蔵とお雪、もう一艘には半兵衛と小柄な男。二艘の舟はすぐに岸壁を離れ、仙台堀を東に向かった。

「追うんだ」

舟で追跡するのは目立つ。菊之助は川沿いを歩いて追うことにした。

さいわい舟足は鈍い。二艘の舟にある船提灯の明かりが揺れている。すでに闇は濃くなりつつある。

舟に船頭は乗っていないから借り切ったようだ。お雪の舟を量蔵が操り、半兵衛の舟は小男が棹を持っていた。量蔵は途中で被っていた編笠を脱いだ。

亀久橋(かめひさ)を抜けた二艘のうち一艘は、木置き場のある吉永町(よしながちょう)の岸につけられた。お雪と量蔵の舟だ。

もう一艘は、それを見届けると、三十間川(さんじっけんがわ)を海のほうに向かって進んだ。

「次郎、おまえはお雪と量蔵を見張れ。それから甚太郎、このことを秀蔵に知らせるんだ。急げ、韋駄天(いだてん)のように走ってゆけ」

「合点(がってん)です」

威勢よく返事をした甚太郎はくるりときびすを返すなり、尻端折り(しりっぱしょ)をして駆けだした。

「菊さん、どうするんです？」

そう聞く次郎の顔は緊張していた。

「お雪と量蔵は、またあの舟を使うはずだ。おまえは二人を見張っておけ。おれは半兵衛の舟を追う」

菊之助は三十間川を進む舟を追いはじめた。右手の町屋は深川大和町である。川の向こうには、長門萩藩の町屋敷の土塀がつづいている。

半兵衛の舟は町屋の明かりを映し込む川をゆっくり南下していた。


このころ、河野屋長十郎は深川洲崎にいた。洲崎弁財天から五町ほど離れた海辺の松林のなかである。付近に用心棒三人をひそませ、また待たせている舟には手練れの男を船頭に化けさせ、手代をそばにつけていた。

この手代も用心棒のひとりで、剣の腕はたしかである。

浜辺には押し寄せてくる波が白い泡を立てていた。

月光を受ける海は穏やかにうねっている。

このあたりの海岸は風光明媚で、陽気のいい春には風流を楽しむ金持ちが、楼船を繰り出し、芸者を侍らせ弦歌と酒に酔いしれる地でもあり、潮の引いた浜辺では子供連れの町のものたちが潮干狩りを楽しむ。

だが、風の冷たくなるこのころはまるきり人気のない寂しいところだ。打ち寄せる波と松林を吹き抜ける風の音がするだけだ。

長十郎はあたりに視線をめぐらし、まだ現れないのかと焦れていた。

「遅いですね」

手代に化けた用心棒がつぶやく。

「今に来るさ。それにしてもこの河野屋を強請るとは、とんだ不届きものだ。今に思い知らせてやる」

長十郎は歯がみしながら目をぎらつかせた。

吹き抜ける風が羽織の裾をひるがえし、足許の砂を巻きあげた。

「あれでは……」

手代が松林の奥を示した。

提灯が揺れながら平野川のほうからこっちにやってくる。

長十郎は手にした提灯の柄を強く握りしめて、近づく明かりに目を凝らした。

人影は二つ。

「四人のはずだが、二人で来たのか……」

「油断なりませんよ」

「うむ」

低い声で応じた長十郎はあたりの闇に視線を這わせた。隠れている用心棒たちをたしかめたのだ。その影は見えないが、ひそんでいる場所はわかっている。

やがて両者の間合いが詰まった。

やってきたのは梶原半兵衛と、昼間書付を持ってきた小男だった。

「河野屋の旦那、金は持ってきたんだろうな」

半兵衛が先に声をかけてきた。

「持ってきたが、とりあえず千両だけだ」

「なんだと」

「三千両なんて大金を一日で作れるものではない」

「何をいいやがる。指折りの廻船問屋に無理もくそもあるか。だったら取り引きは……」

「待ってくれ。あと二日、いや三日くれれば、都合がつく」

長十郎が遮っていうと、半兵衛はしばらく黙り込んだ。半兵衛は千両で折れるはずだと、長十郎は踏んでいた。

「うまいこといいやがる。それじゃ、まずはその金をいただくことにするか」

「だが梶原、わたしを脅しても、おまえさんらは手配の身ではないか。いつまでも江戸御府内にとどまれないだろう」

「さては、おれたちのことを聞きつけたか。……まあ、それも仕方ないだろうが、万が一おれたちが捕まれば、おまえの悪事も天下にさらされて同じ道を辿るということだ。そのことがわかっているんだったら、下手な考えはやめることだ」

「千両で手を打ってくれないか」

「やはりそう来たか。河野屋もずいぶん地に落ちたもんだ。ともかく今夜のところはその千両をいただいておこうか。どこにある?」

さっきから半兵衛が周囲を警戒しているのがわかる。長十郎は隠れている用心棒たちに半兵衛をいつ襲わせるか、頭のなかで段取りを考えた。だが、気になることがある。

「梶原、他の二人はどうした?」

「ご覧のとおりだ。あの二人は他のところに待たせてある。おれが無事に帰らなかったら、河野屋の悪事を洗いざらい番所に届けることになっている。証がないとおまえはいうだろうが、証人になるやつの名も書付に取ってある。だから、妙な考えを起こすんじゃないぜ。どうせ、その辺に用心棒をひそませているんだろう」

長十郎は歯ぎしりをした。

「それじゃ、どうすればいい？」

「金を運ぶんだ。金はどこだ？」

長十郎は数歩進んだ。砂を踏む音が妙に大きく聞こえた。

「……待たせている舟のなかだ」

長十郎は手代と船頭に扮装（ふんそう）させている用心棒で、片を付けることに変更した。

「よし、案内しろ」

六

闇のなかに身をひそめていた菊之助は、半兵衛のたくらみをおおよそ察した。江戸に残っているのは金を脅し取るためだったのだ。それも江戸屈指の豪商、廻船問屋の河野屋である。しかも三千両とは驚きだが、話の筋から河野屋は相当あくどいことをやっているようだ。

半兵衛と河野屋は松林を抜けて、平野川のほうに向かった。しばらく見送ってから菊之助は腰をあげようとしたが、そこでまた木の陰に隠れた。

暗い地の底から黒い影が湧き上がるように立ったのだ。全部で三つ。

いずれも腰に刀を差しているのがわかった。

「どうすりゃいいんだ?」

影の声が聞こえた。

「旦那は手出しをするなという合図を送ってきた」

「それじゃ、あとを尾けるのか……」

「いや、下手に動くとまずいだろう」

「それじゃ店に戻るのか?」

「……増山と内藤殿がいる。二人にまかせておけばいいのではないか」

「ふむ、それじゃ帰るか……」

三人は一所に集まり、そして松林を抜けていった。半兵衛らとは違う方向だ。

菊之助はその三人の姿が遠ざかったところで腰をあげて、半兵衛らが向かった平野川方面に駆けた。

川沿いに出ると、二艘の舟が三十間川のほうに戻っていくのが見えた。一艘は半兵衛の舟で、もう一艘には河野屋が乗っている。河野屋の舟は船頭が操っていたが、菊之助はあれは用心棒ではないかと思った。

見るからに舟を操るのに慣れていないのだ。すると、さっきの男たちが口にした増山と内藤という用心棒のどちらかだろう。

いや待て、河野屋のそばにいる手代風の男。これも用心棒ではないか……。

二艘の舟を追いながら菊之助は推量した。

菊之助は平野橋、汐見橋と渡って舟を追いかけた。江戸の町自体水運が発達しているが、深川はそれが顕著だった。

行き先はわかっている。お雪と量蔵のいる木置き場に違いない。だが、これで面倒なことになった。河野屋も取り押さえる必要がある。どうするかと足を急がせながら、こっちはあとでもいいと気づく。ともかく半兵衛と量蔵、そしてお雪の三人を取り押さえなければならない。そうはいっても、秀蔵らの助がなければ、簡単にはいかない。相手は三人、下手をすると七人になる。

こっちは次郎と二人だけだ。

早く来い、秀蔵――と、菊之助は心中で叫んだ。

すでに舟は大和橋をくぐり、木置き場のほうに向かっている。二つの船提灯の明かりが岸に近づく。菊之助は亀久橋を駆け渡り、深川東平野町から木置き場をめざす。

近くの店から酔っぱらいがふらついて出てき、ぶつかりそうになった。

「おっとっと……」

かろうじてかわすと、このすっとこどっこいが、という罵声が背中にぶつけられた。

秀蔵が来るとしたら、あとどれくらいかと頭で考えた。八丁堀からここまで最短で半里強はある。猪牙舟を急がせても小半刻（三十分）はゆうにかかるだろう。走っても同じぐらいではないだろうか。すでに甚太郎は秀蔵に知らせているはずだ。

すると、あと小半刻は間を持たせなければならないということか……。

菊之助は眉間にしわをよせて、唇を噛んだ。

何が何でも半兵衛、量蔵、お雪の三人を取り押さえたい。

菊之助は足を止めた。二艘の舟が、木置き場に通じる水路に入っていったからだ。木置き場は広い掘割になっており、丸太がそこここに浮かび、岸壁には材木がうずたかく積まれている。

「菊さん」

しばらく行ったところで、物陰から次郎が現れた。

「やつらは掘割に入っていきました」

「わかってる」

「どうします？」

「取り押さえたいが、向こうのほうが人数が多い。いざとなったら斬り合ってでも押さえるつもりだが、うまくいくかどうか……」

「おいらもいます」

　菊之助は蒼い月光に照らされている次郎の顔を静かに見た。

「……よし、万が一の場合は、おまえはお雪を押さえるんだ。おれはあとの二人を何とかする」

「もう一艘舟が来ましたが……」

　菊之助は洲崎の松林のなかで盗み聞きしたことを、手短に話してやった。

「三千両ですか、それも河野屋から……」

　江戸有数の廻船問屋のことは次郎も知っていた。

「半兵衛らは河野屋の弱みを握っているんだ。河野屋が何をしたかしれないが、三千両という額から身代がつぶれるようなことをしているに違いない」

「それじゃ、悪党が悪党を脅しているってことですか」

「そういうことだ。だが、おれたちの狙いはあくまでも半兵衛らだ。河野屋のことはあとまわしだ。半兵衛らに逃げられたら、すべてが水の泡だ」

二艘の舟は木置き場の奥に行って、肩を寄せ合うようにして止まった。

菊之助と次郎は積まれている材木の間を縫いながら、舟に近づいていった。月が叢雲に呑み込まれ、闇が濃くなった。船提灯の明かりが、舟とその周辺を浮かびあがらせている。

半兵衛と河野屋長十郎はいがみ合うようなやり取りをしていた。

「……証になる書付を持っているといったな。それを渡してくれ。そうすれば千両箱をそっちの舟に移す」

「まずは金がほんとに入っているかどうかだ。早くこっちによこせ」

「書付が先だ」

「そんなもん渡しても、おれの頭に入っているんだ」

「頭に入っていようがどうだろうが、まずそれを見せてくれ」

「ふふ……よほど気になるようだな。よかろう」

半兵衛が懐に手を入れたのを見て、菊之助はほどいた刀の下げ緒で素早く襷をかけ、尻を端折った。

「菊さん、やるんですか？」

「いざというときのためだ」

そういうと、次郎も懐に入れていた細紐で襷をかける。

「いいか。いざとなったら、おまえはお雪を捕まえるだけでいいからな」

「わかってますよ」

次郎が応じたとき、半兵衛が懐から紙切れを出した。そのすぐそばには量蔵とお雪がいる。こっちの二人は舟の上ではなく、材木置き場の地面の上だ。

菊之助がいるところから彼らの舟までは、十間は離れている。その間には、材木の浮かぶ掘割と足場になる半間幅の通路が縦横に走っている。

半兵衛が紙を差しだした。と、思いきやつまんでいた指を離した。紙切れは、風に舞いながら堀のなかに落ちた。河野屋の目が水に浮かんだ紙にいった。

と、そのときだった。半兵衛がいきなり抜刀して河野屋に斬りつけた。

瞬間、がちっという鋼（はがね）のぶつかり合う音がして小さな火花が散った。

半兵衛の抜いた刀を、河野屋のそばにいた手代風の男が自分の刀で受けたのだ。

舟底に刀を隠していたようだ。

「野郎、はかりやがったな」

刀を弾き返された半兵衛は船上でふらつくと、半間幅の足場に飛び移った。半兵衛が斬られてはならない。そう思った菊之助が飛びだしたのは、まさにこのときだった。雲間から現れた月が掘割に映り、あたりがわずかばかり明るくなった。

あとは二艘の舟に掲げられた提灯の火明かりだけだ。

菊之助は腰の刀を抜き、水に浮かぶ丸太を蹴るようにして飛び、足場に躍り出た。

「うぎゃっ」

悲鳴をあげ、万歳する恰好でざぶりと水に落ちたものがいた。半兵衛の舟を操っていた小男だった。斬ったのは、河野屋の舟を漕いでいた船頭である。この男もどこかに隠していたらしい刀を手にしていた。

河野屋は舟から落とされまいと、腰を抜かしたように船縁にしがみついていた。半兵衛は今、二人の男と対峙していた。ひとりは足場に立っているが、もうひとりの船頭は水に浮いた丸太をつたって横に回り込もうとしている。

水に浮かぶ丸太がくるりと回転するが、男は身軽に別の丸太に飛び移ってゆく。量蔵とお雪は金だ金だと騒ぎ、河野屋の舟に乗り込もうとしていた。

「助太刀する」

菊之助は足場の通路を駆けながら叫んだ。

半兵衛の目がさっと菊之助を見た。

船頭と手代に扮した男も見てきたが、いずれも一瞬のことであった。おそらく両者ともどちらの味方かわからないでいるのだ。

半兵衛の横にまわり込んでいた男が、丸太を蹴って横殴りの斬撃を送り込んだ。半兵衛は俊敏に刀の峰で打ち返し、袈裟懸けに刀を振り下ろしたが、相手は横に飛んでかわした。

そこへ、菊之助が襲いかかった。脇に構えた刀を水平に振り抜いたのだ。だが、足場が悪く太刀筋が乱れてしまい、同時に体勢が崩れ、危うく水に落ちそうになった。

危機はそれだけではなかった。菊之助の一撃をかわした船頭が、上段から、まさに西瓜を割るような勢いで刀を振り下ろしてきた。

刃は月光にきらめき、風をうならせながら菊之助の脳天めがけて打ち下ろされる。並のものならこれで体が萎縮し、そのまま血潮を噴き出すところだ。

だが、菊之助は直心影流の免許持ちで何度も修羅場をくぐっている。相手の太刀筋を読み切り、わずかに体をひねってかわした。

相手の刀は紙一重の空を切って、菊之助の脇にあった材木に深く食い込んだ。当然相手は刀を抜こうとして隙ができる。

だが、そうはならなかった。相手の船頭はあっさり刀を抜くのをあきらめ、素早く後ろに飛びすさるなり、懐に呑んでいた短刀をつかんだのだ。

その身のこなしは見事というしかなかった。すかさず追撃しようとした菊之助は動きを止めた。相手の持っている短刀は普通のものと違い、匕首(あいくち)より長く脇差(わきざし)よりわずかに短いものだ。

それに、ここに来て船頭の気迫と殺気がいや増し、隙がなくなった。なかなかのやり手である。油断をすれば、斬られてしまう。

相手の双眸(そうぼう)は異様なほど凶悪な光を放っている。菊之助は足の指で地面を嚙むように、じりっじりっと間合いを詰めるが、打ちかかることができない。実戦では刀の長い短いは問題にならないときがある。かえって短いほうが有利なときもあるのだ。

かわされてから次の攻撃に移るには、長いものより短いほうがわずかに早い。実戦はその一瞬の差が命取りになる。

菊之助は本気で斬るつもりはなかった。だが、この男は峰打ちで討ち取れるような相手ではない。すうっと息を吐き、奥歯を嚙みしめた。鋭い視線と視線がぶつかり合い、まるで火花が散るような緊張感がみなぎった。

半寸、また半寸と間合いを詰めた。その直後、

「とあっ！」

菊之助の魂消る(たまぎ)ような気合いと同時に、愛刀の藤源次助眞が一閃(いっせん)した。これは昼間ならまだしも、月光の下の闇のなかでは相手には見えなかったはずだ。

その瞬間、菊之助の右足はやや右前方に送り出され、それと同時に刀は水面すれすれを飛ぶ燕(つばめ)のように低く振り抜かれていた。

「ぎゃっ」

と、短い悲鳴と同時に船頭の左足が折れた。刀は脛を斬ったのだ。おそらく傷は骨まで達しているだろうから耐えることはできない。案の定、船頭は我慢しようのないうめきを発しながら、転げまわった。

顔を起こした菊之助はまわりを見た。積まれた材木の向こう側で手代風の男と半兵衛が打ち合っていた。次郎はというと、量蔵に体当たりを食らわし、お雪の襟首をつかんでいた。量蔵は水のなかに落ち、必死に何かをつかもうとしている。

お雪が「放せ、放せ、放しやがれ」と、甲高い声を発していた。

河野屋長十郎は自分の舟で逃げようとしているが、慌てているせいで舟をうまく操れずに往生している。

菊之助はそれらのことを一瞬のうちに確認し、半兵衛のもとに駆けつけた。そのとき、半兵衛と手代風の男の体が交差し、互いの刀が振り抜かれた。

両者の刀の切っ先は斜め上方の夜空を向いていた。

目を瞠って足を止めた菊之助の乱れた髷を、風がねぶっていった。

膝を折ってどさりと倒れたのは手代風の男だった。

すぐに菊之助を向いた半兵衛は、

「てめえは誰だ？」

と、肩を激しく動かして聞いてくる。人を斬ったその目は凶悪な光を湛えたままだ。

「おまえを取り押さえに来た。刀を捨てて観念するんだ」

「ほざけ、町方みたいなことをいいやがって」

「そうさ、おれは町方の手先だ。田村屋喜兵衛殺しと大和屋を騙した廉で捕縛を命じられている。もう逃げ場はない」

「なにを小癪な。てめえなんぞに捕まってたまるか」

いきなり半兵衛は打ちかかってきた。

肩を喘がせていた割にはしっかりした太刀筋だった。菊之助は半歩下がって、半兵衛の刀を横に払った。ところが半兵衛は払われた刀を、弧を描くようにもとに戻すと、そのまま鋭い突きを入れてきた。

身をひねってかわしたが、足許の木片に足を取られ、背後の材木に背を預ける恰好になった。腕は通せんぼうするような形になっており、反撃に転ずるにはすこぶる体勢が悪かった。つぎの攻撃を、積まれた材木を壁代わりに一回転して横に逃げた。

半兵衛は攻撃の手をゆるめず、二の太刀、三の太刀を送り込んでくる。風切り音を立てる刀は正確に菊之助を狙ってくる。

「おまえを斬るわけにはいかないのだ」

菊之助は下がりながらいった。

「おれはおまえを斬る。たあっ」

刀が足許からすくいあげられた。

菊之助はたまらず、それを弾き返した。銘刀の鋼は強靭だ。耳障りな金属音があたりに広がったかと思うと、半兵衛の刀が折れた。

半兵衛の目が信じられないというように見開かれた。

「そこまでだ。神妙にしやがれ！」

これは新たな声だった。秀蔵だった。菊之助がそちらを見るのと、秀蔵が手にした分銅縄（ふんどうなわ）を投げたのは同時だった。これは細引きの丈夫な紐の先に銅の重りをつけたものだ。

闇のなかを電光石火（でんこうせっか）の勢いで飛んでいった分銅縄は、避けようとした半兵衛の片手にからみついた。いわずもがな、半兵衛は慌てたが、秀蔵が足を踏ん張り、口を引き結んで渾身の力で手許の分銅縄を引っ張ると、半兵衛の体は横向きに倒れた。

「菊之助、縄を打てッ」

声と同時に、菊之助は半兵衛の背後にまわり、首に腕をしっかりからめると、襷にしていた自分の下げ緒で手早く縛りあげた。

「でかした菊之助、こやつが半兵衛か？」

「そうだ。そして……」

菊之助はお雪を捕まえている次郎を見た。量蔵の姿が消えていた。

「次郎、量蔵はどこだ？」

「そこでくたばっています」

次郎が顎をしゃくったほうを見ると、太った体がうつぶせに倒れていた。背中が波打っているので気絶しているのだろう。

「あれがお雪で、そばに倒れているのが量蔵だ。捕り方はどうした？」

「今に来る。おれは一足早く馬で駆けてきたのだ。ともかくこやつらに縄を打っておこう」

秀蔵が量蔵を後ろ手にきつく縛りあげる間、菊之助は手短に河野屋長十郎のことを話した。

「やつはどこだ？」

「舟で逃げた」

「ま、いい。あとでしょっ引くことにしよう」

そのとき、近くで「御用だ。御用だ」という声が湧きあがった。しばらくすると、あたふたと駆け戻ってくる河野屋の姿が、「御用」と書かれた弓張(ゆみはり)提灯と龕(がん)灯(どう)のなかに浮かびあがった。河野屋と気づいた秀蔵が、すかさず遅れてやってきた捕り方に声を張った。

「そやつを引っ捕らえろ！」

七

一本の出刃を研ぎ終えた菊之助は、研ぎ汁を水盥で洗い流し、刃先を光にかざし見、それから親指の腹をあててみた。皮膚にあたる感触で、仕上がり加減がわかる。

申し分なかった。手拭いで水を拭き取ると、丁寧に晒に巻いた。

ふっと、吐息をつき開け放たれた戸障子の向こうを見る。

やわらかな日射しが狭い三和土に射し込んでいた。視線を手許に戻すと、前掛けを外してたたみ、腰をあげた。着物を着替えるかどうか、少し迷ったが面倒だった。

そのまま雪駄を突っかけて家を出ると、お志津の家に向かった。いつもだったら胸がわくわくするのだが、今日は違った。気の重さがある。

伊佐次とお豊は約束を守り、源長寺でおとなしく待っていたが、今は小伝馬町の牢屋敷に入れられている。そこで残ったおもとを、お志津が一時預かっているのである。

千住のおかよと勇吉が面倒を見るといってくれたのだが、おもとが町奉行所に出頭する両親のあとをついてきて離れず、手をこまねいていたところをお志津が買って出てくれたのだった。

うろこ雲が空の一画に浮かんでいるが、秋晴れの日である。それなのに、菊之助の心はどんより曇った空のようであった。はしゃぎ声をあげ元気に遊ぶ子供たちの姿も、屋根の上で仲良くさえずる番の雀にも笑みは作れない。

一度立ち止まって伊佐次が借りていた家を見た。戸は閉じられたままだ。伊佐次はすでに解約の旨を知らせており、家主が借り手を捜しているところだ。

お志津の家の戸は、半開きになっていた。のぞき込むと、お志津が文机で手習いの子供たちが書いたものを筆削していた。

その顔がすいと持ちあがると、あらと、唇が小さく動いた。

「おもとはどうしてます？」

「今朝からぼんやりと……」

菊之助はお志津が示した奥の間を見た。おもとは縁側に座り、足をぶらぶらさせて、どこか遠くを見ていた。あどけない横顔は胸が痛くなるほど寂しげだ。

「お茶でも……」

お志津が勧めた。菊之助は遠慮なくいただくことにして、上がり框(かまち)に腰をおろした。

差し出された茶を黙って受け取り、湯気を吹く。おもとを盗み見ると、こっちには何も興味を示さず、どこか遠くを見ているだけだ。

「……朝からあれですか？」

「ええ、今日お裁きが出るのを何となく知っているのです。あの子も気になっているのでしょう」

「穏便(おんびん)な裁きになればよいが……」

厳しい裁きになれば、この先おもとはひとりで生きていくことになる。もっとも、そのときは千住の勇吉夫婦が引き取るといってはくれているが、やはり親と離れることに違いはない。

「……荒金さんも面倒見のいい人なんですね。近ごろめっきりお顔を見ないと思っていたら、伊佐次さんたちのことをわたしの知らないところで……」

「わけありなことを打ち明けられれば、黙っていられませんよ」

そういって菊之助は茶を飲んだ。茶柱が立っていた。お志津にすべてを話しているわけではない。秀蔵の手先となって動いていることは内緒である。だから半兵衛らを取り押さえるために立ち回ったことなども知らない。もっとも、菊之助はそんなことを話して自慢するような男ではない。だから次郎にも堅く口止めしてある。

「でも、いつごろわかるのかしら……」

「御奉行のお裁きは昼からだといいます。だから、今ごろでは……」

菊之助は戸の外に見えるうろこ雲を眺めた。

一羽の鳶が舞っているところだった。

「仕事の邪魔ではありませんか」

菊之助は文机の上を見て気にした。

「いえ、今日はわたしも落ち着きませんので、身が入りません。ほんとに、どうなることやら……」

話は弾まなかった。お互い、思い出したように埒（らち）もない世間話をするぐらいだった。

次郎が息せき切って駆け込んできたのは、お志津がおもとにおやつの蒸かし芋をあげようとしているときだった。

「御奉行のお裁きが出ました」

次郎は肩を喘がせ、つばを呑み込んでいった。

菊之助もお志津も、そしておもとも腰をあげて次郎を見た。

「半兵衛と量蔵とお雪は死罪です」

「それから」

「へえ、河野屋は取りつぶしのうえ、主の長十郎も死罪です」

「伊佐次たちはどうなのだ？」

肝心なことを早く知りたい菊之助は、怒鳴るようにいった。

「伊佐次さんとお豊さんは、江戸払いとなりました」

「江戸払い……」

菊之助が目を見開けば、お志津は胸を押さえ、ああよかったとその場にへたり込んでしまった。おもとだけがわからずに、目をぱちくりさせている。

菊之助はおもとを振り返り、その両肩に手を置いた。

「おもと、父ちゃんと母ちゃんと暮らせるぞ。もう離れ離れになることなんかないんだぞ」

おもとは黒く澄んだ目を何度かしばたたいた。

「よかったな」

「いつ会えるの?」

そうであった。菊之助はすぐ次郎を振り返った。

「じき、御番所を出られるはずです」

「そうか」

菊之助はおもとを見た。

「おもと、これからおじさんとおまえの父ちゃんと母ちゃんを迎えにゆこう」

「ほんと。わあーい」

おもとは無邪気な声をあげ、早速草履を突っかけた。

お志津にもいっしょに行くかと聞いたが、あとで話を聞くといった。

菊之助はおもとの手を引いて、南町奉行所に向かった。

江戸払いとは、品川、板橋、千住、四谷大木戸、および本所、深川以内に住むことを禁じられた追放刑であった。つまり、江戸府内に住まうことはできないが、他の地に住むことはできるという処罰である。

「それにしても河野屋もけちな野郎ですね。半兵衛に脅され運んできた千両箱には、見せ金の三十両しか入っていなかったそうです。あとは全部石だったといいます」

「金箱が見つかったのか？」

「木置き場の掘割をさらって、やっと今朝見つけたそうです」

「そうか。金はともかく、これで河野屋は何もかも終わりってことだ」

「悪いことはするもんじゃありませんね」

「まったくだ」

三人は江戸橋から本材木町に入り、京橋を渡って南町奉行所のある数寄屋橋の前に立った。すでに太陽は傾いており、空は杏子色に染まっていた。

三人は橋のたもとで待つことにした。数寄屋橋の向こうには御門があり、その奥に南町奉行所がある。

堀には鴨が泳いでいた。水のなかで忙しく足を動かしているのがわかった。鴨は十数羽おり、長い行列を作っていた。

「どっちから来るの？」

「あの門から出てくるんだ」

おもとはじっとその重厚な門に目を注いだ。門には屋根がついており、その庇に数羽の鳩がとまっていた。

太陽は一段と傾き、三人の影が長くなった。次郎が何度か、遅いなとつぶやいた。おもとも待ちきれないのか、足踏みをしながら、可愛い手で菊之助の手を強く握りしめる。

番人が横の門から姿を現したのは、それから間もなくのことだった。つづいて、深々と頭を下げながら伊佐次とお豊が現れた。

二人はまだこちらには気づいていない。二人とも深刻そうな顔で、そしていくらか安堵した様子で仲良く数寄屋橋に足を向けた。

おもとが大きな声で叫んだ。

「かあちゃん！　とうちゃん！」

はっと、伊佐次とお豊の顔があがった。

菊之助の手を握っていたおもとが、手を振り払うようにして駆けだした。

「わーい、かあちゃん、とうちゃん！」

「おもと……」

お豊がよろよろと駆けだせば、伊佐次もあとを追う。

「とうちゃん、かあちゃん、とうちゃん、かあちゃん……」

おもとは何度も同じことをいいながら駆けた。

ちょうど数寄屋橋の真ん中で、伊佐次夫婦とおもとはいっしょになった。

三人はしばし抱き合い、そして言葉をかけ合い、嬉しそうな笑みを浮かべた。

伊佐次が菊之助と次郎に気づいて立ちあがった。それからゆっくり近づいてきた。お豊とおもともあとにつづく。

やがて、菊之助と次郎の前に来た伊佐次は、何もいわず膝に手をつくと深々と頭を下げた。お豊もそれにならう。

「……なんとお礼を申してよいかわかりません。こうしてまた三人で生きていけるようになりました」

「江戸払いですんでよかった」

「……ありがとうございます」

「これからどうするんだ？」

「はい、まずは千住の勇吉さんとおかよさんのところに挨拶に行き、それから先のことを考えようと思います」

「千住大橋の手前に住むことはできませんが、その先ならかまわないということでございました」

お豊が付け足した。

「それなら、あの二人も相談に乗ってくれるだろう」

「はい、ありがたいことです」

「今夜はどうする？」

「もう早速にも千住に向かうつもりでございます」

そう答える伊佐次の体に、おもとはからみつくようにしている。嬉しくてしょうがないのだ。

「ともかくよかった。途中まで送っていこう」

伊佐次とお豊はこれが江戸の見納めになるだろうから、日本橋の大通りを歩いていくといった。菊之助も次郎もそうしろと勧めた。

幼いおもとはお豊と伊佐次の手をしっかりつかんでいた。もう絶対離すまいというように見えた。菊之助の前をゆく親子は、日本橋の大通りを歩きながら、あの店この店と見ていった。ときに立ち止まるおもとの手を引き、先を促すこともあった。

通りに軒を並べる各商家の暖簾は、夕風に気持ちよく揺れており、南側の商家には夕日があたっていた。

やがて日本橋の手前に来て、伊佐次とお豊が振り返った。もうここでよいという。

「そうか、ともかく体に気をつけて幸せにやっていくことだ」

「荒金さんも次郎さんも、お達者で。今は何もお返しできませんが、きっとそのうちこのお礼はしたいと存じます」

「気にすることはない」

「そんなこたあどうでもいいよ」

次郎も隣から声を添えた。

「おっと忘れるところだった。これは少ないが餞別だ。何かの足しにしな」

菊之助は懐の財布をそのまま伊佐次に渡した。

「いえ、こんなことはいけません」

「遠慮するな。どうせ端金しか入っていない」

あくまでも伊佐次は拒んだが、菊之助は押しつけた。

「ともかく真面目にやることが一番だが、もう二度と騙されるんじゃない。世間には量蔵らのようないかさま師が他にもいるだろうからな」

「もう、しっかり肝に銘じております」

「それじゃ、ここで失礼いたします」

お豊がおもとにも頭を下げさせた。

「おじちゃん」

おもとがきらきら光る目で菊之助と次郎を見た。

「二人とも、お達者で……」

「うん、おまえもよい子に育つんだぞ」

おもとは、はち切れんばかりの笑顔を見せた。

それから親子三人は、何度も振り返って頭を下げ日本橋を渡っていった。その姿が徐々に遠ざかり、やがて人混みに紛れて見えなくなった。

遠い空に浮かぶうろこ雲が夕日に染まっていた。

「次郎、帰るか」

呼びかけたが、次郎は返事をしない。見ると、拳で涙をこすっていた。

菊之助は目尻にしわをよせて微笑んだ。

「次郎、きれいな夕焼けだなあ。あのうろこ雲を見ろ。黄金色をしている」

「……へえ、まるで小判のようです」

二人は日本橋のたもとに立ったまま、その夕焼け空をいつまでも眺めていた。

光文社文庫

長編時代小説
うろこ雲 研ぎ師人情始末(三) 決定版
著者 稲葉稔

2020年2月20日 初版1刷発行

発行者 鈴木広和
印刷 堀内印刷
製本 フォーネット社

発行所 株式会社 光文社
〒112-8011 東京都文京区音羽1-16-6
電話 (03)5395-8149 編集部
8116 書籍販売部
8125 業務部

ISBN978-4-334-77980-1 Printed in Japan

組版 萩原印刷